BOOK**SHOTS**

DETECTIVE CROSS

DETECTIVE CROSS

JAMES PATTERSON

OCEANO*exprés*

Los personajes e incidentes de este libro son resultado de la ficción. Cualquier semejanza con personas reales, vivas o muertas, es mera coincidencia ajena al autor.

DETECTIVE CROSS

Título original: *Detective Cross*

Publicado en colaboración con BookShots, un sello de Little, Brown & Co., una división de Hachette Book Group, Inc. El nombre y logotipo de BookShots son marcas registradas de JBP Business, LLC.

Traducción: Sonia Verjovsky Paul

Portada: ©2017, Hachette Book Group Inc.
Diseño de portada: Mario J. Pulice
Fotografía de portada: Rob Bishop / Arcangel Images

D.R. © 2018, Editorial Océano de México, S.A. de C.V.
Eugenio Sue 55, Col. Polanco Chapultepec
C.P. 11560, Miguel Hidalgo, Ciudad de México
Tel. (55) 9178 5100 • info@oceano.com.mx

Primera edición: 2018

ISBN: 978-607-527-461-4

Impreso en México / *Printed in Mexico*

CAPÍTULO 1

BREE STONE LLEVABA TREINTA MINUTOS haciendo su ejercicio matutino y respiraba agitadamente mientras corría hacia el este por un sendero de la Cuenca Tidal en Washington, DC. Era un precioso día de primavera de finales de marzo, tibio y con una brisa fragante.

Los cerezos japoneses que bordeaban la calle floreaban y atraían a los primeros turistas. Bree tuvo que esquivar a unos cuantos, pero el día y el escenario eran tan bonitos que no le importó.

Tenía menos de cuarenta años, pero sentía las piernas más fuertes de lo que las tenía cuando acababa de salir de la universidad. También era mejor su respiración, y eso le agradó. El ejercicio diario estaba funcionando.

Bree dejó la cuenca, tomó un atajo por la estatua de John Paul Jones y permaneció trotando junto a un autobús urbano que cargaba y descargaba pasajeros, a la espera de atravesar la Calle 17 Sureste. Tan pronto como el autobús se alejó, Bree zigzagueó entre los peatones para cruzar la calle, hacia el Teatro Sylvan rumbo a otro bosquecillo de cerezos en flor. Las flores de cerezo tenían un momento cumbre una vez al año, y su intención era disfrutarlas lo más posible. Acababa de pasar junto a una maraña de turistas japoneses cuando sonó su teléfono.

Lo tomó de la pequeña cangurera que llevaba, pero no se detuvo ni bajó el ritmo. Bree miró número desconocido y dejó que su correo de voz tomara la llamada. Siguió corriendo y pronto pudo ver a un equipo de la Policía Nacional de Parques que izaba las cincuenta banderas estadunidenses alrededor del Monumento a Washington. Volvió a sonar su teléfono, el mismo número.

Molesta, se detuvo y contestó.

—Bree Stone.

—¿La jefa Bree Stone?

La voz era masculina. ¿Lo era? El tono no era agudo.

—Disculpe, ¿quién llama?

—Su peor pesadilla, jefa. Hay un AEI en la Explanada Nacional. Debió responder mi primera llamada. Ahora sólo le quedan cincuenta y ocho minutos para descubrir en dónde dejé el explosivo.

Se cortó la llamada. Bree se quedó mirando el teléfono medio segundo, luego revisó el reloj. 7:28 de la mañana. Detonación: ¿8:26? Pulsó el comando de marcado rápido y examinó la zona, evitando el impulso de alejarse de ahí lo más rápido posible.

Jim Michaels, jefe de la Policía Metropolitana, respondió al segundo repiqueteo.

—¿Por qué está llamando la jefa de detectives? Le dije que se tomara un par de días libres.

—Acabo de recibir una llamada anónima, Jim —dijo Bree—. Plantaron un explosivo en la Explanada Nacional, está programado para estallar a las 8:26 de la mañana. Tenemos que despejar la zona lo más pronto posible y traer a los perros.

En el breve silencio que le siguió, a Bree se le ocurrió algo y corrió a toda velocidad hacia los hombres que izaban las banderas.

—¿Estás segura de que no era una broma? —preguntó el jefe Michaels.

—¿Quieres arriesgarte a esperar?

Michaels soltó un agudo suspiro y dijo:

—Notificaré a la Policía de Parques y a la del Capitolio. Suenas agitada. ¿Dónde estás?

—En la explanada. Voy a un lugar más alto para localizar al terrorista mientras sale de la zona.

CAPÍTULO 2

ERAN LAS 7:36 DE LA MAÑANA cuando se abrieron las puertas del elevador.

Bree fue a toda velocidad hacia la estela del Monumento a Washington, ubicada a unos 168 metros sobre la Explanada Nacional. Llevaba la radio de la Policía de Parques de Estados Unidos que no dejaba de parlotear, puesto que estaba sintonizada a la frecuencia que usaban todos los miembros del personal del FBI, de la Policía del Capitolio y la Policía Metropolitana de Washington que respondían con velocidad a la situación.

Llevaba un par de binoculares que le prestaron los oficiales que vigilaban el monumento. Se habían resistido a su exigencia inicial de dejarla entrar y la hicieron perder el tiempo mientras confirmaban su versión.

Luego comenzaron a sonar las sirenas de cada rincón, y el comandante volvió con órdenes directas de abrir el monumento y dejarla subir hasta la cima. Bree había perdido ocho minutos durante ese proceso, pero enterró esa frustración en lo más profundo de su mente. Tenían cincuenta minutos para encontrar la bomba.

Fue directamente a las angostas ventanas del muro oeste del monumento y se asomó con los binoculares hacia el Monumento a Lincoln y al largo estanque rectangular que reflejaba el Monumento a Washington. Cuando corrió hacia la encumbrada estela de piedra caliza, esperaba estar lo suficientemente arriba como para ver a alguien escapando de la explanada o comportándose de modo extraño.

Pero ya había pasado demasiado tiempo. El terrorista se habría largado rápidamente o se habría alejado lo más posible, ¿no? Pensar eso era lo más lógico, pero Bree se preguntó si podría tratarse de la clase de persona enferma que se queda por ahí para admirar su explosiva obra.

Siendo tan temprano ya había decenas de personas corriendo, caminando y paseando en bici por los senderos de la explanada o circulando al borde del brillante estanque. Otros estaban parados, como paralizados por el ruido de las sirenas que se acercaban cada vez más.

Bree se dio la vuelta, cruzó la plataforma de observación rápidamente hasta el muro desde el que se veía el Capitolio, y activó el micrófono de la radio.

—Habla Stone, jefa de detectives de la Policía Metropolitana —dijo, mientras examinaba el parque ubicado entre los museos smithsonianos—. Todavía puedo ver a centenares de personas en la explanada, y quién sabe a cuántas más no puedo ver por los árboles. Pongan oficiales en la calle 17, en la 15, en Madison Noroeste, Jefferson Suroeste, Ohio Suroeste, la 7 Noroeste, la 4 Noroeste y la 3 Noroeste. Trabajen en la evacuación de civiles desde la mitad de la explanada hacia el norte y el sur. Háganlo de manera rápida y ordenada. No queremos provocar pánico.

—Entendido, jefa —contestó la operadora.

Bree esperó hasta escuchar que la operadora transmitiera sus órdenes, y luego dijo:

—Bloqueen todo el tránsito que pasa por la explanada desde el norte y el sur y las avenidas Constitución e Independencia, desde la calle 3 hasta Ohio.

—Eso ya lo ordenaron, jefa —dijo la operadora.

—¿Cuál es el estatus de los K-9 y los escuadrones antibombas?

—El FBI, la Policía Metropolitana y los K-9 de la Policía de Parques van en camino, pero se está complicando el tránsito. El tiempo estimado de llegada de la Policía Metropolitana es de dos minutos. Los escuadrones antibombas dicen que están a cinco minutos, pero podría ser más.

¿Más? Bree maldijo para sus adentros. Bajó la mirada hacia las banderas que se agitaban y notó su dirección y rigidez.

Volvió a activar el micrófono.

—Dígales a todas las patrullas K-9 que el viento viene del sur-suroeste, quizás a diez kilómetros por hora. Van a tener que trabajar desde ángulos orientados al noreste.

—Entendido —dijo la operadora.

Bree revisó su reloj. 7:41. Tenían cuarenta y cinco minutos para encontrar y desactivar el explosivo.

Con la mente a mil por hora, Bree se dio cuenta de que sabía algo sobre el terrorista. Él o ella usó el término AEI (artefacto explosivo improvisado) y no "bomba". AEI era un término militar estadunidense. ¿El terrorista podría ser exmilitar? ¿Militar en funciones?

Por otro lado, Bree había visto y escuchado el término con suficiente frecuencia en las noticias y reportajes de prensa. Pero, ¿por qué habría de usar ese término un civil, en vez de "bomba"? ¿Por qué ser tan específico?

Sonó su teléfono. Era el jefe Michaels.

—Debido a que estás en una ubicación y perspectiva únicas, te daremos el control general de la situación, —dijo como saludo—. Los escuadrones K-9, antibombas y tácticos operarán según tus indicaciones, tras darte las opciones.

Bree no vaciló ni un segundo.

—¿El FBI y el Capitolio?

—Esperan tus órdenes.

—Gracias por la confianza, señor.

—Gánatela —dijo, y colgó.

Durante los siguientes seis minutos, mientras monitoreaba la radio, Bree se paseaba de un lado al otro, mirando al este y al oeste, viendo a cada patrulla que se colocaba de lado para bloquear el acceso a las avenidas Constitución e Independencia, en las calles paralelas a la explanada.

A las 7:49, veintiún minutos después de la llamada del terrorista, llegó la policía montada y condujeron los caballos a medio galope por toda la explanada, gritándoles a todos que salieran de ahí lo más rápido posible. Otras patrullas recorrían Independencia, Constitución y Madison usando megáfonos para acelerar la evacuación.

A pesar de que Bree albergaba la esperanza de que hubiera

calma, era claro que los caballos y megáfonos de la policía sembraban el pánico. Los deportistas se daban la vuelta y corrían a toda velocidad hacia el norte y sur de la explanada. Los padres sujetaban a sus hijos y salían corriendo. Las mamás empujaban carriolas en desbandada. Los turistas brotaban como hormigas del Monumento a Lincoln y otros abandonaban en tropel los monumentos a Vietnam y a la Segunda Guerra Mundial.

Bree no dejó de mirar a través de los binoculares en busca de alguien que estuviera merodeando, alguien que quisiera echar una última mirada al lugar donde estaba la bomba o que estuviera emplazado para detonar el dispositivo remotamente.

Pero no vio a nadie que le pareciera una señal de advertencia.

El hijo de perra se fue, pensó. *Se fue hace mucho.*

CAPÍTULO 3

LOS PERROS DETECTORES DE BOMBAS no aparecieron hasta las 7:59 de la mañana, retrasados por el tránsito provocado al cerrar la explanada en hora pico. Tenían veintisiete minutos para encontrar el dispositivo, y Bree luchaba contra el pánico que amenazaba con paralizarla.

Ella estaba a cargo. ¿Y si algo salía mal? ¿Y si el dispositivo estallaba?

Tan pronto como surgió la pregunta en su mente, Bree la eliminó. *Respira.* Los oficiales y agentes que se reunían en la explanada eran excelentes, los mejores. *Tienes bajo tu mando a gente experimentada*, pensó. *Confía en ellos para que hagan su trabajo y te aconsejen bien, y confiarás en tus propias decisiones.*

La explanada estaba casi vacía cuando los entrenadores soltaron a doce pastores alemanes en diferentes puntos a lo largo de la avenida Constitución, desde el prado oeste del Capitolio hasta el Monumento a Lincoln. Bree observó a los perros deambular al viento en amplios círculos, con el hocico en alto y olfateando mientras sus entrenadores trataban de mantener el paso.

Pasó un minuto, luego dos. En la radio, los líderes de las brigadas antibombas de las cuatro agencias de seguridad anunciaron la llegada de sus equipos a lo largo de la avenida Independencia, la cual ya estaba vacía, excepto por las patrullas con parpadeantes luces azules.

A las 8:02, Bree miraba al oeste, hacia el Capitolio, cuando uno de los elementos caninos del FBI bajó la velocidad, dio unas vueltas y luego se sentó junto a un basurero en un sendero en la calle Siete, casi directamente frente al Museo Nacional de Escultura.

—K-9 Pablo tiene un paquete —dijo el entrenador por la radio.

Bree cerró los ojos. Lo habían encontrado cuando aún les quedaban ¿veinticuatro minutos?

—Retiren a K-9 Pablo —dijo Bree—. Brigadas antibombas, desplácense hacia su ubicación.

Las brigadas antibombas del FBI y de la Policía del Capitolio eran las más cercanas. Las camionetas de la Brigada antibombas viajaban a toda velocidad por la calle Monroe desde la calle Tres y la Quince, y se detuvieron a una cuadra del bote de basura a las 8:04. Quedaban veintidós minutos para neutralizar la amenaza.

De los vehículos salieron agentes y oficiales vestidos con su equipo antibombas completo. Dos expertos en bombas del FBI caminaron a cincuenta metros del bote antes de soltar un Andros Mark V-A1, un robot todo terreno que llegó rodando hasta el bote, utilizando sus sensores electrónicos y cámaras.

—Se trata de un dispositivo con temporizador —dijo uno

de los agentes, en pocos segundos—. Repito: un dispositivo con temporizador.

—¿Evidencia de control inalámbrico vía teléfono móvil? —preguntó alguien por la radio.

—Negativo.

La agente especial Peggy Denton, comandante de la brigada antibombas del FBI, pidió mantas y tapetes pesados, hechos de Nomex, una tela retardante al fuego, rellena de hule neumático. Cuatro agentes y cinco oficiales de la Policía del Capitolio colocaron los tapetes y mantas sobre el bote de basura.

Bree contuvo el aliento cuando llegaron a tres metros. Si el terrorista había puesto un detonador remoto al explosivo, que no estuviera activado por un teléfono móvil...

Pero, sin titubear, el equipo antibombas mostró una excepcional valentía. Fueron al bote de basura y acomodaron dos tapetes antibombas encima, luego una manta antibombas que envolvía todo el bote y cubría la banqueta. Los agentes y oficiales retrocedieron rápidamente, se quitaron los cascos con visores, y Bree soltó un suspiro de alivio.

Eran las 8:11. Quedaban quince minutos.

—Un trabajo bien hecho—dijo Bree en la radio, y de repente se sintió débil y cansada.

Se sentó, recargándose contra la pared, y cerró los ojos mientras sus dedos jugueteaban con su anillo de bodas, una vieja costumbre, hasta que se le ocurrió llamar a su marido, Alex. No sólo *quería*, sino que *necesitaba* oír su voz.

Después de dejarlo timbrar cuatro veces, se dio cuenta de que probablemente estaba con un paciente.

—Alex Cross —la llamada entró a su correo de voz—. Deje su mensaje después de la señal.

—Hola, cariño —dijo, reprimiendo una ola de emoción—. Estoy bien. Iba corriendo por la explanada y...

Su radio soltó un graznido.

—Comando, aquí el entrenador de K-9 Krauss, de la Policía Metropolitana. El K-9 Rebel nos acaba de alertar. Bote de basura exterior, baño público de mujeres al sureste del estanque de los Jardines de la Constitución.

—¡Mierda! —dijo Bree. Se puso de pie y corrió a la ventana opuesta mientras ordenaba al oficial y a su perro que retrocedieran. Los vio trotando al norte sobre el terreno abierto y oyó las sirenas de las otras dos brigadas antibombas que se apresuraban al nuevo sitio.

¿Había más artefactos explosivos?, se preguntó Bree. *¿Todos programados para estallar a las 8:26?*

Eran las 8:18 cuando las camionetas llegaron derrapando y se detuvieron a una buena distancia del baño. Si la bomba estaba programada para estallar a las 8:26, todavía tenían ocho minutos. Igual que con la anterior, de las camionetas salieron oficiales y agentes con equipo y visores protectores.

Se escuchó un breve parloteo de la radio sobre las tácticas, antes de que Denton dijera:

—Comando, recomiendo que pasemos directamente a los tapetes y mantas antibombas. No hay tiempo para usar el robot.

—¿No hay otras opciones? —dijo Bree.

—Dejarla estallar.

8:19. Siete minutos.

—De acuerdo, coloquen los tapetes y mantas —dijo Bree. Ahora notó que los helicópteros de la policía y de los noticieros sobrevolaban justo en la circunferencia de la zona de prohibición que abarcaba gran parte de la explanada y todos los terrenos de la Casa Blanca, al norte.

—Comando, tenemos a un hombre caucásico con equipo de camuflaje la explanada oeste.

Bree giró los binoculares y lo detectó. El hombre llevaba puesto un inmundo uniforme militar para el desierto, bailaba en círculos y gritaba al cielo, en el prado al norte de Ash Woods. Los oficiales corrieron hacia él, gritándole que se tirara al suelo.

Bree enfocó los binoculares. El hombre, alto, larguirucho, con barba, sucio, con el cabello apelmazado y los ojos salvajes, los vio llegar y corrió hacia el lago. Antes de que lo atraparan, se metió entre los árboles, cruzó un sendero y saltó al estanque.

Cruzó velozmente el centro del lago, dirigiéndose casi directamente a las brigadas antibombas y los baños. Tenía el agua por arriba de las rodillas cuando se detuvo, tomó algo del bolsillo de los pantalones y sacó una pistola Glock.

—¡Tiene un arma! —ladró Bree en la radio—. Repito: el sospechoso que está en el lago está armado.

La policía y los agentes del FBI que cercaban el estanque ya habían sacado sus armas, y le gritaban al hombre que soltara la pistola, incluso mientras los equipos antibombas se aproximaban a los baños al norte lago.

El hombre ignoró sus advertencias. Se sentó en el agua, que

le llegaba hasta el pecho. Levantó la Glock sobre la cabeza y soltó el cargador, que cayó y desapareció bajo el agua. A continuación, desmontó el arma diestramente desprendiendo cada uno de componentes. En menos de treinta segundos, cada segmento de la pistola cayó en el agua.

Los oficiales corrían rumbo al estanque apuntándole con sus armas, cuando el sospechoso se tiró para atrás y desapareció en el agua.

¿Qué demonios está haciendo ese tipo?, pensó Bree. Enfocó de nuevo la atención hacia el baño y a los primeros cuatro miembros de la brigada antibombas que estaban cerca, quizás a unos cuatro metros del segundo bote de basura, preparándose para acomodar el primer tapete.

Lanzó una mirada a su reloj: 8:23. Tres minutos de sobra.

Exhaló con alivio cuando los expertos antibombas levantaron el tapete sobre el bote... y el explosivo estalló con un destello brillante, cobrizo y ardiente.

CAPÍTULO 4

KATE WILLIAMS, DE TREINTA Y CUATRO AÑOS, estaba hecha un ovillo en la silla frente a mí, en la oficina del sótano, donde yo recibía a mis pacientes desde que me suspendieron de la Policía Metropolitana de Washington, cinco meses antes.

—Terminaré suicidándome, doctor Cross —dijo Kate—. Probablemente no hoy o mañana, pero sucederá. Lo sé desde que tenía nueve años.

Su voz no tenía expresión y su semblante mostraba la ira, el temor y la desesperación que su tono frío no delataba. Sus ojos que no querían encontrarse con los míos se empezaron a llenar de lágrimas que comenzaron a brotar.

Tomé en serio su amenaza. Por su historial, yo ya conocía parte del daño que ella se había hecho. Sus dientes estaban manchados a causa de su drogadicción. Su cabello rubio oscuro era fino y quebradizo como la paja, y llevaba puesta una camiseta de Electric Daisy Carnival de manga larga para esconder las cicatrices que evidenciaban que ya se había cortado los brazos.

—¿Fue a esa edad cuando todo comenzó? —pregunté—, ¿cuando tenías nueve años?

Kate se limpió los ojos con furia.

—¿Sabe?, no voy a hablar del tema. Recordar eso no ayuda. Sólo me induce a dejar la sobriedad cuanto antes.

Puse a un lado mi cuaderno de apuntes, me incliné con las palmas hacia arriba y dije:

—Sólo estoy tratando de entender tu historia con claridad, Kate.

Se cruzó de brazos.

—Y yo sólo estoy tratando de sobrellevarlo, Doc. Los tribunales me ordenaron venir para conservar mi libertad condicional. Por mí, si tengo que ser sincera, no vendría.

Esta era nuestra segunda sesión. La primera no fue mucho mejor.

Por unos momentos estudié su postura encorvada y la manera en que se rasgaba las cutículas con las uñas dejándose en carne viva los dedos. Sabía que tendría que cambiar la dinámica para tener empatía con ella.

Había otro asiento que normalmente reservaba para las terapias de parejas, pero me levanté y me senté ahí para quedar más o menos como su imagen en un espejo, lado a lado. Dejé que ella se adaptara a ese cambio físico. Al principio parecía amenazada, como si se estuviera alejando de mí. No dije nada y esperé a que levantara la cabeza para mirarme.

—¿Qué quiere?

—Ayudar, si es posible. Para hacerlo tengo que ver el mundo como lo ves tú.

—Entonces, qué, ¿se sienta junto a mí y espera ver el mundo como lo veo yo?

Ignoré el tono mordaz y dije:

—Me siento junto a ti en vez de confrontarte, y quizá me muestres un fragmento de tu mundo.

Kate se acomodó en la silla, desvió la mirada y no dijo nada durante diez, o quince, profundas e irregulares respiraciones.

—Sí, nueve —dijo finalmente—. Justo antes de que cumpliera diez años.

—¿Lo conocías?

—Era mi tío Bert, el esposo de la hermana de mi mamá —dijo—. Me tuve que mudar con ellos cuando murió mi mamá.

—¡Qué terrible! Lamento escucharlo. Debes haberte sentido aterrada, traicionada por alguien en quien confiabas.

Kate me miró y habló con amargura.

—No fue una traición, fue un asalto a mano armada. No hubo ningún indicio del que tanto hablan. Seis meses después de que llegué, mi tía Meg salió el fin de semana para visitar a unos amigos. El tío Bert se emborrachó y entró a mi alcoba con un cuchillo y una botella. Me amenazó con el cuchillo, me dijo que me cortaría la garganta si alguna vez decía algo. Luego me colocó boca abajo y...

Lo pude imaginar, y me sentí asqueado.

—¿Se lo contaste a alguien?

—¿Quién me creería? Resulta que el tío Bert era el comisario. Y la tía Meg lo idolatraba, a ese pedazo de mierda.

—¿Cuánto tiempo duró el abuso?

—Hasta que me escapé. A los dieciséis.

—¿Tu tía nunca sospechó nada?

Kate se encogió de hombros y finalmente me miró.

—Cuando era muy, muy pequeña, me encantaba cantar con mi mamá en el coro de la iglesia. También mi tía estaba en un coro, y hasta que el tío Bert entró a mi habitación, cantar con ella era lo único que me hacía feliz. Podía olvidar las cosas, ser parte de algo.

Ahora Kate estaba parpadeando, miraba a la distancia, y vi que se le tensaban los músculos del cuello.

—¿Y después del tío Bert?

Kate se aclaró la garganta y dijo con un tono suave y áspero:

—Nunca volví a cantar afinadamente. Simplemente no podía sostener la nota, aunque mi vida dependiera de ello. Mi tía Meg nunca logró entenderlo.

—¿Nunca lo supo?

—Era buena persona, a su manera. No merecía saberlo.

—No era tu culpa, ¿sabes? —dije—. Tú no causaste el abuso.

Kate me miró enojada.

—Pero lo pude haber detenido, doctor Cross. Pude haber hecho lo que quería hacer: tomar ese cuchillo de la mesa de noche cuando él acababa conmigo y se quedaba ahí tirado, borracho y adormilado. Pude haberle hundido el cuchillo en el pecho, pero no lo hice. Lo intenté, pero simplemente no pude hacerlo.

Entonces Kate se desmoronó y sollozó.

—¿Por qué fui tan cobarde?

CAPÍTULO 5

CUANDO KATE WILLIAMS DEJÓ MI OFICINA, veinte minutos después, yo me preguntaba si mis estrategias habían servido de algo. Se sinceró, y eso era positivo, pero justo después de calificarse a sí misma como cobarde, volvió a cerrar la boca y dijo que odiaba pensar en esos tiempos... Aumentaba su ansiedad por la droga y el alcohol.

—¿Nos vemos para la próxima cita? —le pregunté, antes de que saliera por la puerta del sótano.

Kate titubeó, pero luego asintió.

—No tengo opción, ¿o sí?

—El juez lo solicita, pero espero que tú también quieras venir. Este es un lugar seguro, Kate, sin prejuicios. Sólo te doy mi opinión, si me la pides.

Sus ojos vagaron hacia mi rostro y notó que hablaba con sinceridad.

—Está bien. Entonces, hasta la próxima.

Tan pronto como cerré la puerta, vibró mi teléfono. Corrí y lo respondí, mientras veía que Bree llamaba por segunda vez.

—¿Ya te bañaste y te vas a trabajar? —pregunté.

—Nunca regresé a casa —dijo con la voz cansada—. ¿No supiste?

—No. He estado en sesión desde...

—Alguien puso dos bombas en la Explanada Nacional, Alex. Michaels me puso al mando en el Monumento a Washington, desde donde podía ver todo. Logramos neutralizar un explosivo antes de que estallara a las 8:26, pero tomé la decisión de mandar a un equipo antibombas a neutralizar un segundo artefacto, en vez de revisarlo primero con un robot. Cuando estaban cerca, a las 8:23, estalló. Están bien, gracias a los tapetes y trajes, pero es un milagro que no murieran.

—¡Cielos! —dije—. ¿Tú cómo estás?

—Perturbada —respondió—. Nunca antes había puesto a nadie en peligro de estallar.

Hice una mueca de dolor.

—No me lo puedo imaginar, nena. ¿Qué dice Michaels?

—Me apoya. Denton sugirió intentarlo. Teníamos siete minutos, así que acepté su recomendación.

—¿Cómo sabías que tenías siete minutos?

—Me lo dijo el terrorista. Me llamó para advertirme que un artefacto explosivo estallaría a las 8:26 de la mañana.

—¿Por qué a ti?

—Ni idea. Pero tenía mi número privado.

—¿Hay sospechosos?

—Tenemos a un hombre bajo custodia —dijo, contándome acerca de un merodeador que había cruzado el lago antes de desarmar su pistola—. Queremos que vengas a hablar con él lo antes posible.

—Mmm, estoy suspendido hasta el juicio.

—Mahoney está a cargo. Te quiere ahí, y Michaels no lo sabrá nunca.

—Está bien —dije, indeciso—. Pero tengo una fila de pacientes hasta las dos.

Hubo una pausa antes de que Bree me dijera:

—Hubo dos bombas en la Explanada Nacional, Alex.

Aunque Bree no estuviera ahí conmigo, levanté las manos para rendirme.

—Tienes razón. No hay discusión. ¿Dónde y cuándo?

—En el edificio del FBI, ahora mismo. ¿Me traes un cambio de ropa?

—Por supuesto —dije, y agarré una pluma para garabatear la lista de las cosas que quería.

¡Vaya suspensión que me tocó!

CAPÍTULO 6

SUBÍ CORRIENDO Y LE AVISÉ a Nana que no podría pasar a recoger a mi hijo Ali, después de la escuela, metí la ropa y los artículos básicos de aseo personal de Bree en una maleta, y llamé a un Uber que llegó en unos cuantos minutos. El conductor me dijo que el tránsito finalmente comenzaba a moverse, a medida que la policía abría las vías. Pasé la mayor parte del viaje llamando a mis pacientes para cancelar citas.

Cuando acabé, cerré los ojos y luego de pensar en la vocación de la psicoterapia pasé al oficio de la investigación, labor que hasta hace cinco meses había consumido la mayor parte de mi vida adulta, con seis años en la Unidad de Ciencias del Comportamiento del FBI, y catorce años de trabajos eventuales con el equipo de casos especiales de la Policía Metropolitana de Washington.

Cuando abrí los ojos, sentí como si me hubiera puesto un viejo y conocido uniforme y hubiera tomado las herramientas que podría utilizar incluso con los ojos vendados. Debo admitirlo, me sentí lleno de un renovado brío cuando el coche llegó frente al edificio J. Edgar Hoover.

Con la ropa deportiva todavía puesta, Bree me esperaba en la banqueta con el agente especial Ned Mahoney, mi antiguo compañero en el FBI. Como siempre, Ned llevaba puesto un traje oscuro marca Brooks Brothers, una camisa blanca almidonada y una corbata clásica de rayas diagonales. Tanto él como Bree se veían mayúsculamente estresados. Bajé del auto, agradecí al conductor y abracé y besé a Bree, antes de darle la mano a Ned.

Bree tomó la maleta. La revisó, me sonrió y luego se dirigió a Ned.

—¿Hay algún lugar donde me pueda duchar y cambiar?

—Hay un vestidor de mujeres —contestó Ned—. Te daré un pase.

—Perfecto —dijo, y subimos por las escaleras hasta la entrada principal.

—¿Qué sabemos del sospechoso del lago? —pregunté.

Ned prefirió esperar hasta que estuviéramos adentro, en un salón de conferencias, cerca de la sala de interrogatorios donde tenían a Timothy Chorey, el sargento maestro de artillería de la Marina, ya retirado. Ned nos contó que Chorey había hecho casi tres misiones completas en Oriente Medio, dos en Irak y una en Afganistán durante la gran retirada. A casi dos meses del final de la tercera misión, Chorey sufrió una herida en la cabeza debido al estallido de un artefacto explosivo en la provincia de Helmand.

La bomba mató a dos de sus hombres, le golpeó el cerebro y le dañó los oídos internos. Pasó una temporada en un hospital militar norteamericano en Wiesbaden, Alemania, antes de ser transferido al hospital naval de Bethesda, donde los efectos neurológicos de la explosión se redujeron sin desaparecer totalmente.

A Chorey le otorgaron licencia médica casi cuatro años antes de que entrara al lago. Salió de Bethesda con aparatos auditivos bilaterales, decidido a ir a la escuela y aprovechar los beneficios para los veteranos.

—Su comportamiento parece errático en el mejor de los casos —dije mientras leía los apuntes del especialista del Centro Médico para veteranos, tomados durante una visita ambulatoria un año después de haber salido de Bethesda—. "El paciente reporta que perdió su departamento, dejó la escuela, no puede dormir. Son comunes los dolores de cabeza y las náuseas".

—Eso es. Chorey prácticamente desapareció después de esa cita médica—dijo Mahoney—. Estuvo en la clandestinidad durante tres años, y apareció para poner bombas en la Explanada Nacional.

—Es el terrorista, Ned.

—Es él, Alex. Los sargentos maestros de artillería como Chorey usan la insignia de una bomba en la solapa izquierda. Quizás este tipo no detonó la explosión, pero estaba involucrado. Escapó de la policía, ignoró las repetidas órdenes y desvió la atención de la brigada antibombas cuando estalló ese artefacto. Y no ha dicho una sola palabra desde que lo trajimos en calidad de detenido.

—¿Tiene residuos de explosivos?

Mahoney hizo una mueca negativa.

—No, pero pudo haber usado guantes, y los técnicos dicen que el chapuzón en el lago podría haber removido cualquier rastro.

—¿No hay un abogado asignado?

—Aún no, y no ha pedido uno. De hecho, no ha dicho nada.

—¿Le leyeron sus derechos?

—Sin duda. A un segundo de que lo sacaran del agua.

—Está bien —dije, y cerré el archivo—. Veré si quiere hablar conmigo.

CAPÍTULO 7

TAN PRONTO COMO BREE VOLVIÓ después de ducharse y cambiarse de ropa, entré a la sala de interrogatorios. Mi primera tarea era construir confianza y ver lo que Chorey me podía contar por voluntad propia.

Chorey tenía puesto un overol anaranjado y estaba sentado en una silla atornillada al suelo mientras se observaba insistentemente las manos sucias, esposadas por las muñecas y apoyadas sobre la mesa. Un pesado cinturón de cuero le rodeaba la cintura, sujetándolo a las patas de la silla mediante aros de acero y cadenas soldadas.

No me vio entrar, o me ignoró. No hubo ninguna reacción en su rostro. Parecía que todo su ser estaba concentrado en sus manos, como si tuvieran algún gran secreto que lo calmara y lo fascinara.

Medía un metro noventa y dos, justo como lo describió Bree, y era flaco como un palo, con rastas opacas, una barba escasa sobre la piel y ojeras oscuras bajo los ojos, que miraban sin siquiera parpadear. Apestaba a sudor y a licor barato.

—¿Señor Chorey? —dije.

No reaccionó.

—¿Artillero?

Nada. Tenía los ojos cerrados.

Estaba por sentarme frente a él y mover la mesa para que abriera los ojos y al menos reconociera mi presencia. Pero luego me di cuenta de algo, y me moví con cuidado a su lado, estudiándolo más de cerca.

Me coloqué tras él y aplaudí suavemente con las manos. Chorey no reaccionó. Aplaudí más fuerte, y no se sobresaltó, sólo inclinó la cabeza ligeramente, como si se preguntara si el sonido era real.

—Está completamente sordo —dije mirando hacia el vidrio—. Por eso no respondía a las órdenes de los oficiales. Y detesto decírtelo, Ned, pero eso compromete sus derechos.

Chorey abrió los ojos y me vio a través del cristal. Se sobresaltó, entrecerró los ojos y volteó a verme. Levanté las manos y sonreí. No me devolvió la sonrisa.

Di la vuelta frente a la mesa, tomé la otra silla y saqué un bloc de notas y una pluma de mi bolsa.

Escribí:

—Sargento maestro de artillería Chorey, me llamo Alex Cross. ¿Puede escuchar utilizando aparatos auditivos?

Chorey acercó más la cabeza al bloc cuando lo giré hacia él. Parpadeó, se encogió de hombros y me miró con los ojos entrecerrados y, con una voz nasal extraña y hueca, me dijo:

—No lo sé.

—¿Los tenía puestos cuando entró al lago? —pregunté.

—No los uso desde hace dos años y medio. Creo... El tiempo pasa y...

Se quedó mirando hacia el horizonte.

—¿Qué les pasó?

—Me emborraché, oí voces y ese maldito tintineo en la cabeza, y no sé, creo que los aplasté con una piedra.

—¿Lograste deshacerte de las voces y del tintineo?

Se rio.

—Sólo si seguía bebiendo.

—¿Te ayudaría si conseguimos audífonos y un amplificador?

—No lo sé. ¿Por qué estoy aquí? ¿Es tan terrible protestar en Washington? He visto películas de cientos de manifestantes pacíficos en ese lago allá en los años sesenta. ¡Diablos, hasta en *Forrest Gump*! ¿No? Al menos Jenny estaba ahí.

Sonreí porque tenía razón. Antes de esbozar una respuesta, alguien tocó a la puerta. Entró un técnico del FBI con audífonos, un amplificador y un teléfono.

El técnico le colocó los audífonos a Chorey y prendió el amplificador. Subió el sonido a la mitad, y me dijo que hablara. Chorey negó con la cabeza con cada saludo. No fue hasta que el amplificador llegó a noventa por ciento de su capacidad que se le iluminó el rostro.

—Lo escuché. ¿Puede ponerlo más fuerte?

El técnico dijo:

—En cierto momento podría dañar sus oídos aún más.

Chorey suspiró y dijo:

—Sé lo que se siente estar sordo.

El técnico se encogió de hombros y volvió a subir el volumen.

—¿Me oyes? —pregunté.

Levantó las dos cejas y dijo:

—Ajá, sí, lo escucho con el oído derecho.

Bajé la pluma y me incliné más hacia el micrófono que el técnico había colocado en la mesa.

—Entrar al agua y desarmar la pistola, ¿por qué?

—Estaba destruyendo mi arma como protesta. Volver de la guerra a la paz... Se suponía que debía ser un nuevo inicio para mí.

Dijo esto con sinceridad; con convicción, incluso.

—¿Por qué huyó de la policía?

—Hui de unas personas que me perseguían —dijo Chorey—. Mi visión es nefasta, excepto de cerca. La pueden revisar.

—¿Y qué hay de las bombas? —pregunté—. ¿Los AEI?

Chorey se crispó con la palabra *bombas*, pero luego pareció estar genuinamente perplejo.

—¿AEI? —dijo—. ¿Qué es un AEI?

CAPÍTULO 8

CUARENTA MINUTOS DESPUÉS, entré al pabellón de observación que daba hacia la sala de interrogatorios donde Chorey seguía esposado, sudando y gimiendo con los ojos cerrados. Ned Mahoney estaba cruzado de brazos.

—¿Le crees? —preguntó Mahoney.

—La mayor parte —le dije—. ¿Viste sus manos?. Diría que es imposible que construya una bomba.

—Tu esposa lo vio desarmar una Glock en menos de treinta segundos —dijo Mahoney.

—Una vez que está descargada, una pistola no presenta amenaza alguna. Al construir una bomba, podrías confundir los cables y estallar en pedazos. Además, lo escuchaste, tiene una coartada.

—Bree la está analizando.

—Doc —gimió Chorey desde la sala de interrogación—. Necesito ayuda.

—Quisiera llevarlo a un centro de desintoxicación —dije.

—Eso no va a pasar hasta que tengamos una firme...

Se abrió la puerta del pabellón de observación. Entró Bree.

—El supervisor del albergue central responde por él —dijo—. Chorey durmió ahí anoche y se fue con los demás hombres a las 7:30. El superintendente lo recuerda, porque trató de convencer a Chorey de que se quedara para el servicio religioso, pero Chorey dijo que tenía que ir a protestar.

Mahoney dijo:

—¿Y eso qué? Pudo salir del albergue, recoger las bombas ya hechas, acudir a la explanada y...

—La hora no concuerda, Ned —insistió Bree—. El terrorista me llamó a las 7:26 y luego otra vez a las 7:28, después de haber plantado las bombas. El supervisor del albergue dijo que estaba con Chorey entre las 7:20 y las 7:30. En ese tiempo Chorey nunca pidió ni utilizó un teléfono, porque está sordo. Salió del albergue a pie.

—¿El supervisor sabía de la pistola?

Ella asintió.

—Por lo visto Chorey la entregaba cada vez que llegaba de la calle para pasar la noche.

En la sala de interrogatorios, Chorey se mecía en la silla.

—Vamos. Por favor, Doc. Me siento mal. Siento temblores.

—No es un terrorista —dije.

—Podría ser una distracción —dijo Mahoney—. Parte de la conspiración. Además, tenía un arma cargada en un parque nacional, cosa que es una ofensa federal. La Policía de Parques lo detendrá por eso.

—La Policía de Parques puede venir por él una vez que se desintoxique. Sabrán exactamente dónde está, en caso de que decidieran levantar cargos. O lo puedes mandar a las instalaciones de resguardo federal en Alexandria, que no están equipadas para lidiar con alguien con *delirium tremens* avanzado, y te arriesgas a que muera antes de desintoxicarse.

El agente del FBI me miró con un ojo entrecerrado.

—Debiste ser abogado, Alex.

—Sólo es mi opinión profesional sobre un veterano que ha pasado por un mal rato.

Mahoney vaciló, pero luego dijo:

—Que lo manden a rehabilitación.

—Gracias, Ned —dije, y le di la mano.

Mahoney también le dio la mano a Bree, y dijo:

—Antes de que se me olvide, Stone, impresionaste a mucha gente esta mañana. Ya corrieron la voz de lo tranquila que estabas, incluso bajo presión.

Bree pareció incomodarse ante los cumplidos y me hizo un guiño.

—Basta vivir suficiente tiempo con este hombre y con su abuela, y podrás lidiar con lo que se te cruce en el camino.

Ned soltó una carcajada.

—¡Vaya que lo entiendo! En especial con Nana.

Bree y yo nos detuvimos en el pasillo. Ella volvería al cuartel de la Policía Metropolitana de Washington para mantener al tanto al jefe Michaels y comprar un segundo teléfono.

—También yo estoy orgulloso de ti —le dije, y la besé.

—Gracias. Sólo quisiera que le hubiéramos puesto los tapetes a esa segunda bomba antes... Será interesante saber si fue una detonación controlada por radio.

—Estoy seguro de que Quantico está investigando eso.

—¿Nos vemos para la cena? —preguntó, mientras yo volvía a la puerta de la sala de interrogatorios—. Nana dice que está preparando una obra culinaria.

—¿Cómo podría perdérmelo?

Bree me mandó un beso, se dio la vuelta y se retiró.

Más enamorado que nunca, la miré alejarse por un momento. Luego giré la perilla y entré a donde Tim Chorey, oficial de artillería retirado, seguía sufriendo por su país.

CAPÍTULO 9

LLEGUÉ A CASA COMO A LAS SIETE y encontré a Bree sentada en el porche frontal, hecha polvo, igual que como yo me sentía.

—Bienvenido a casa —dijo, y levantó un tarro—. ¿Quieres una cerveza?

Me senté junto a ella y dije:

—Medio vaso.

Bajó su bebida, y tomó un segundo tarro y una botella de Blue Jacket, una nueva cervecería del suroeste de Washington en una zona que antes era industrial.

—Es una Goldfinch —dijo Bree—. Una cerveza belga rubia. Está muy rica. La compró Nana.

Me sirvió medio tarro y lo sorbí, encantado con su sabor frío y casi cítrico.

—¡Oye, está muy buena!

Nos sentamos en silencio durante varios minutos, escuchando los ruidos de la calle y el traqueteo de los utensilios de cocina desde adentro.

—Un día difícil en todos los sentidos —dijo Bree.

—En especial para ti — señalé, y le di la mano.

Ella la tomó y sonrió.

—Con esto me basta.

Sonreí, y dije:

—¿Verdad que sí?

—Es todo lo que quiero.

Me concentré en eso. No en los recuerdos de lo enfermo que se había puesto el pobre Chorey antes de que lograra que lo admitieran en la unidad de desintoxicación. No en cómo se había rehusado a usar el aparato auditivo o a leer mis palabras después de un rato, retirándose del mundo de la manera más segura que conocía.

—¡Ya está la cena! —exclamó Nana.

Bree me apretó la mano y entramos. Mi abuela de noventa y tantos años estaba haciendo magia frente a la estufa cuando entramos a la cocina.

—Sea lo que sea, huele delicioso —dije, pensando que había preparado algo con curry.

—Siempre huele delicioso cuando Nana está al mando de la cocina —dijo Jannie, mi hija de dieciséis años, mientras llevaba platos desde la barra hasta la mesa.

—A mí me huele raro —dijo Ali, mi hijo de ocho años, que ya estaba sentado a la mesa, observando un iPad—. ¿Es tofu? ¡Odio el tofu!

—Lo has repetido cada día desde la última vez que lo comimos —dijo mi abuela.

—¿Es tofu?

—Ni de cerca —dijo ella, mientras se acomodaba los anteojos sobre la nariz y se dirigía a la mesa—. No quiero ningún dispositivo electrónico en el comedor, jovencito.

Ali se quejó.

—No es un juego, Nana. Es la tarea.

—Y esta es la hora de la cena —le dije.

Él suspiró, cerró el iPad y lo colocó en una repisa detrás de él.

—Bien —dijo Nana, sonriendo—. Un pequeño redoble, ¿por favor?

Jannie tamborileó con los dedos contra la mesa. Yo me uní, también Bree y Ali.

—Jueces de *Top Chef* —dijo mi abuela—. Les presento un lenguado fresco de Alaska, con una salsa de cebollas dulces, ajo elefante, cerveza belga rubia y pizcas de comino, cilantro y curry.

Quitó la tapa de la olla. Suntuosos aromas brotaron entre el vapor, y me depuraron la mente del día que había tenido. Mientras tomábamos cucharadas de arroz jazmín y nos servíamos el lenguado en los platos, pude percibir que también Bree había logrado olvidar su día.

El lenguado estaba delicioso, y la delicada salsa de Nana lo hizo aún mejor. Me serví una segunda porción. Los demás hicieron lo mismo.

Sin embargo, cuanto más satisfecho estaba, más regresaba Chorey a mis pensamientos. Eso debe haberse reflejado en mi rostro, porque mi abuela preguntó:

—¿Algo no está bien con la comida, Alex?

—No, señora —dije—. Pediría este platillo en el restaurante más elegante.

—Entonces, ¿qué ocurre?, ¿tu juicio?

Me rehusé a pensar un momento en eso. Dije:

—No, hoy Bree y yo tuvimos que lidiar con un veterano. Sufrió una herida en la cabeza y perdió el oído durante una explosión en Afganistán. Ahora vive en albergues y en la calle.

Ali dijo:

—Papá, ¿por qué Estados Unidos trata tan mal a sus veteranos de guerra?

—¡No es cierto! —dijo Jannie.

—¡Sí es cierto! —dijo Ali—. Lo leí en internet.

—No tomes todo lo que dicen en internet como si fuera la palabra de Dios —dijo Nana.

—¡No! —insistió él —. Hay un índice de suicidio muy alto cuando vuelven a casa.

—Eso es cierto —dijo Bree.

Ali continuó:

—Muchos de ellos sobreviven a alguna explosión, pero nunca vuelven a estar bien otra vez. Y sus familias tienen que cuidarlos, aunque no saben cómo.

—Yo también he oído lo mismo —dijo mi abuela.

—Existe ayuda para ellos, pero no es suficiente; tomando en cuenta lo que han vivido —intervine—. A ese hombre lo llevamos hoy al Centro médico para veteranos. Nos tomó un rato, pero lo llevaron a desintoxicación para dejarlo limpio. El problema va a ser lo que pase cuando lo den de alta.

—Probablemente estará sin techo otra vez —dijo Ali.

—A menos que se me ocurra una manera de ayudarlo.

Mi abuela soltó una especie de suspiro.

—¿No tienes ya suficientes cosas de qué preocuparte? ¿Ayudar a tus abogados a preparar tu defensa? ¿Atender a tus pacientes? ¿Ser marido y padre?

Su tono de voz me sorprendió.

—Nana, siempre nos enseñaste a ayudar a los necesitados.

—Mientras atiendas primero tus propias necesidades. No puedes hacer mucho bien en el mundo, si no te cuidas a ti mismo.

—Tiene razón —me dijo Bree después, en nuestro baño, luego de que terminamos de limpiar la cocina y llevamos al resto de la familia a dormir—. No puedes ser todo para todos, Alex.

—Eso lo sé —dije—. Sólo que...

—¿Qué?

—Hay algo en Chorey, en lo perdido, en lo abandonado que está, sin escuchar nada, con una vista limitada. Hay algo en él que me conmovió, y me dan ganas de ayudarlo.

—¡Mi idealista imposible! —dijo Bree, y me abrazó—. Te amo por eso.

Le devolví el abrazo, la besé y dije:

—Eres todo para mí, ¿sabes?

CAPÍTULO 10

EN LA CLÍNICA DE SALUD MENTAL del Centro médico para veteranos en el noreste de Washington, en una sala bañada por la luz del sol, un hombre desprolijo y vestido de forma andrajosa, de cuarenta y tantos años, soltó una risa amarga.

—Gracias —se burló con cierto falsete—. Gracias por tu servicio.

Se movió en su silla de ruedas y relajó su tono, arrastrando las palabras con el acento más profundo y natural del oeste de Texas.

—Odio esa mierda más que cualquier otra cosa, ¿saben? ¿Me escuchan, gente? ¿Me dan un sí?

Alrededor de él, varios hombres y mujeres sentados en sillas plegables de metal, asintieron con un coro de *síes*.

El conductor del grupo se ajustó los anteojos.

—¿Por qué odiar a alguien que muestra gratitud por tu servicio militar, Thomas?

Thomas sacudió las manos en el aire. Su mano izquierda y la mitad del antebrazo habían desaparecido. Tenía las dos piernas amputadas por debajo de las rodillas.

—¿Gratitud de qué, Jones? —dijo Thomas—. ¿Qué van a saber de mí o de la salud de mi cuerpo? Eso es hipocresía. La mayoría de los que vienen corriendo a contarte cuánto aprecian tu servicio... nunca hicieron el suyo.

—¿Y esto te enoja? —dijo Jones.

—¡Diablos! ¡Sí, me enoja! Hay muchos países en el maldito mundo que tienen algún tipo de servicio público obligatorio. La gente que no sirve al ejército no arriesga el pellejo, en mi opinión. No les importa lo suficiente nuestro país para defenderlo ni para mejorarlo, o para perder sus malditas extremidades por él. Toman la mano que me queda para agradecer mi servicio y sepultar el sentimiento de culpa que tienen por llevar vidas fáciles.

Parecía como si quisiera escupir, pero no lo hizo.

—¿Por qué te enlistaste? —preguntó Jones—. ¿Por patriotismo?

Thomas echó la cabeza hacia atrás para reírse.

—¡Ay, no! ¡Diablos! ¡No!

Algunos lo miraron gélidamente. Los demás sonrieron o se rieron con él.

—¿Y entonces por qué? —dijo Jones.

Thomas se puso rígido. Dijo:

—Me parecía que el ejército era una manera de salir del agujero del diablo. Una oportunidad de entrenarme, de conseguir los beneficios para veteranos, de ir a la universidad. En vez de eso, me enviaron a un pueblo de moros insurrectos. ¿Quién iría de voluntario a Oriente Medio si el gobierno le ofreciera la posibilidad de universidad a alguien que trabaja barriendo los pisos de las escuelas? ¡Nadie! De ninguna maldita manera.

—Tenlo por seguro —dijo Griffith, un hombre negro y grande con una pierna ortopédica—. Si estás dispuesto a *disparar*, te pagan el doctorado. Si quieres hacer algo bueno, no te pagan ni un quinto. Tú diles, Thomas. Cuéntales la verdad.

—Si tú no lo haces, lo haré yo —dijo Mickey, quien estaba sentado entre Griffith y Thomas.

Jones miró de reojo el reloj de pared y dijo:

—Hoy no, Mickey. Ya nos pasamos de tiempo.

Mickey sacudió la cabeza, enojado, y dijo:

—Sabes que trataron de hacerle eso a Ronald Reagan... le apagaron el micrófono para que la gente no lo escuchara antes de las elecciones. Reagan no los dejó hacerlo, y pagó el micrófono. Bueno, pues yo pagué, Jones. Cada uno de nosotros ha pagado y pagado, así que no nos vas a quitar el micrófono.

El psicólogo inclinó la cabeza.

—Me temo que no tengo opción, Mickey. Entrará otro grupo en diez minutos.

Mickey estaba tentando a la suerte y quería ver si lograba provocar al loquero, lo cual disfrutaba hacer. Pero se sentía satisfecho ese día. Decidió darle un descanso a Jones.

Mickey esperó hasta que el psicólogo saliera del salón, antes de levantarse de su silla y decir:

—Los poderosos nunca quieren oír la verdad.

—En eso tienes razón, hijo —dijo Thomas, levantando la mano que le quedaba para chocarla con él.

—Les asusta —dijo Keene, un tipo flacucho de veintitantos

años, paralizado y postrado una silla de ruedas computarizada—. Es lo mismo que le dijo Jack Nicholson a Tom Cruise: "no pueden con la verdad".

—De todos modos, le hablaré al poder con la verdad —dijo Mickey—. Les haré aprender las lecciones de manera visceral, ¿entienden lo que les digo?

—¡Vaya que sí! —dijo Thomas—. ¿Quieres pasar por un helado antes de irte a casa, Mick?

Mickey no quiso encontrar la mirada de Thomas.

—Tengo asuntos que atender, viejo. ¿A la próxima?

Thomas lo observó detenidamente.

—Claro, Mick. ¿Estás bien?

—De diez.

Chocaron los puños. Mickey se dio la vuelta para partir.

—¡Acábalos, Mickey! —gritó Keene detrás de él.

Mickey miró a los hombres de las sillas de ruedas y se sintió lleno de inspiración.

—Soldados de todos los días —dijo—. Todos los malditos días.

CAPÍTULO 11

MICKEY SALIÓ DEL CENTRO PARA VETERANOS por la puerta norte y subió al autobús metropolitano D8 hacia la estación multimodal de Union Station. Siempre era sensible a la lástima o a la sospecha, y estaba contento de que ni un pasajero lo mirara mientras mostraba su pase al chofer y caminaba hacia un asiento vacío cerca de la salida trasera. Su lugar favorito.

Mickey podía ver prácticamente a todos los pasajeros del autobús desde esa posición. Como le habían enseñado hace mucho, para mantenerte con vida tenías que asegurarte de observar a las seis, a las nueve, a las doce y a las tres.

En su mente escuchó una voz brusca decir: "Entiende tu situación, soldado, tal como es, no como quieres que sea. Si no es como quieres, entonces cámbiala, maldita sea. Identifica la debilidad, y sé el que se transforma para bien."

Tenlo por seguro, pensó Mickey. *Tenlo por seguro...*

Las puertas se cerraron con un chirrido. El autobús comenzó a avanzar.

A Mickey le gustaban los autobuses. Nadie te miraba realmente en un autobús, en especial en éstos.

Los lisiados y heridos eran moneda corriente en el D8, la línea que iba a la zona de hospitales. Pacientes con cáncer, con alzhéimer; heridas en la cabeza, amputados. Todos viajaban ahí. Él sólo era un actor secundario en un circo itinerante de fenómenos.

Y por eso Mickey bajó del autobús en la calle K y la Ocho, y caminó hasta La Barbería de Christopher, en la calle H.

Un peluquero fornido, con barba de leñador, levantó la vista de la caja y le dio cambio a su cliente. Vio a Mickey y sonrió.

—¡Hola, Mick! ¿Dónde has estado, hermano?

—Dando la vuelta, Fatz. ¿Me haces un pequeño arreglo?

—¡Carajo, para eso está Fatz!, ¿o no? Quédate sentado aquí.

Cuando Mickey bajó de la silla veinte minutos después, había desaparecido su barba rala y tenía las mejillas frescas y suaves por la hoja de afeitar. Tenía el cabello quince centímetros más corto, peinado hacia atrás y fijado con aerosol.

—¡Ahí estás! —dijo Fatz—. ¡Quedaste como todo un *esnob*!

—Tal cual —dijo Mickey, volteando la cabeza—. Me gusta.

Le dio una buena propina a Fatz y prometió volver muy pronto. El barbero lo abrazó y le dijo:

—Aquí estaré. Siempre estaré aquí para ti.

—Gracias, Fatz.

—Eres un buen tipo, no lo olvides.

—Lo intento —dijo Mickey, le dio una palmada y se fue.

Caminó seis cuadras a las bodegas de Capitol, en las calles

Tres y N, llegó frente a una pequeña cabina, y levantó la puerta. Entró, cerró la puerta y encendió la luz.

Seis minutos después, Mickey salió. Desaparecieron sus pantalones de mezclilla sucios, el abrigo de lona y los andrajosos tenis Nike, y los reemplazó por unos pantalones caqui, un rompevientos azul con el logo bordado de una academia de golf en Scottsdale, Arizona, y un par de tenis Asics básicamente nuevos. Es increíble lo que se puede encontrar hoy en día en las tiendas de segunda mano.

Mickey se puso una gorra de beisbol blanca de visera ancha y un par de anteojos de sol baratos. Alrededor de la cintura, llevaba una cangurera negra y un agua en un portabotellas. Llevaba alrededor del cuello una vieja cámara Nikon, sin película.

Ya está, pensó mientras cerraba con llave la cabina, podría ser un Juan Pérez cualquiera que vino a la ciudad a ver las atracciones turísticas.

Mickey dejó la zona de las bodegas y caminó hacia el sur, consciente de la cangurera, la botella de agua y la cámara, y haciendo su mejor esfuerzo por contener su emoción. *Tranquilo, hermano. Pasea, hombre, ¿Que diría Hawkes? Sé quien se supone que eres. Eres Juan Pérez, de vacaciones. Con todo el tiempo del mundo.*

Quince minutos después, Mickey abordó el autobús en Union Station con un montón de turistas. Se quedó parado en el pasillo cerca de la salida trasera, mientras el autobús bajaba por la avenida Luisiana.

Se bajó en la tercera parada, en la calle Siete, dio la vuelta a la cuadra, notó presencia policial en la explanada, y esperó a que llegara el siguiente autobús. Lo abordó, encontró un lugar cercano a la salida posterior, y siguió hasta la octava parada, el Monumento a Martin Luther King, Jr.

Bajó. Eran las 11 de la mañana.

Diecisiete minutos después, Mickey volvió a abordar el autobús turístico en la novena parada, el Monumento a Lincoln. Mickey tomó su posición de siempre cerca de la salida de atrás, y se sintió más ligero, libre, como si hubiera dejado cosas de su pasado y estuviera al filo de un futuro más brillante.

Bajó hasta la decimocuarta parada, el Museo Nacional de Aire y Espacio. Mientras los turistas salían a raudales de la puerta, él hurgó en el bolsillo del pantalón y sacó un teléfono móvil desechable. Se alejó del embrollo de gente que intentaba entrar al museo y con el pulgar oprimió el marcado rápido.

—¿Sí? —dijo una mujer.

—¿Jefa Stone? —dijo Mickey, tratando de hacer que su voz sonara suave y profunda—. Habla su peor pesadilla otra vez.

CAPÍTULO 12

BREE LE DIO UN GOLPE AL TOLDO, prendió las sirenas y dijo:

—Agárrate bien, Alex.

Presioné los pies en el asiento del copiloto. Ella miró por su espejo lateral y pisó el acelerador.

Salimos pitando de la calle Cinco, nos pasamos el alto en la calle Pennsylvania y nos dirigimos hacia la explanada, mientras la jefa Stone dirigía todo por la radio de mano.

—El sospechoso mencionó el Monumento a la Guerra de Corea, pero despejen los monumentos a Martin Luther King y a Lincoln también —dijo—. Cierren Ohio y la avenida Independencia. Avísenme cuando estén despejados esos cinco lugares. ¿Está claro?

—Sí, jefa —dijo la operadora.

—Llama a informática —dijo—. Investiga si lograron rastrear esa llamada que acaba de...

Su teléfono empezó a sonar. Bajó la mirada y dijo:

—Olvídalo, me están llamando.

Mientras sostenía el micrófono de la radio, tomó su teléfono y dijo:

—Jefa Stone. ¿Lo consiguieron?

Bree escuchó y dijo:

—¿Cuánto tiempo necesitan? —hizo una pausa, y luego dijo—: Uno pensaría que a estas alturas tomaría muchísimo menos tiempo, pero está bien. Si llama una próxima vez, trataré de mantenerlo hablando.

Colgó, dejó caer el teléfono en el regazo y soltó un suspiro de exasperación.

—Como mínimo se requieren setenta segundos para centrarse en la señal de telefonía móvil en curso. Hablamos por veintiún segundos.

—¿No tienen idea de dónde está?

—En alguna parte de Washington, pero no pueden localizar la llamada. Y aunque pudieran hacerlo, debe estar usando un teléfono desechable.

—Me imagino —dije.

Seis minutos después, Bree puso la palanca del auto en *neutral* cerca de Ash Woods, sobre la avenida Independencia.

—Deberías de quedarte aquí hasta que Mahoney esté a tu lado.

—Coincido —dije—. Cuídate mucho.

Me besó y dijo:

—Dejaré que los profesionales se ocupen de lo peligroso.

La observé bajar y caminar hacia la barrera que cerraba el tránsito hacia el extremo oeste de la Explanada Nacional. No la podían ver conmigo en una investigación de la policía Metropolitana mientras yo estaba suspendido.

Sin embargo, Mahoney me podía llevar como consultor.

Dejé el coche unos cuantos minutos después de que llegó la brigada antibombas del FBI y tres equipos caninos.

El viento corría rumbo al sureste, así que Mahoney mandó a los perros entre el Monumento a Lincoln y el Memorial a los Veteranos de la Guerra de Corea, un dramático espacio triangular con diecinueve estatuas de acero de soldados caminando a cielo abierto entre un bosquecillo de arbustos o juníperos de baja altura y otros dispuestos sobre losas de granito.

Los entrenadores caninos del FBI se habían desplegado y soltaron a los perros especialistas en bombas. Con los bozales puestos y jadeando en busca de aromas, se lanzaron al viento y hacia las estatuas. Corrieron de un lado al otro, acechando entre árboles y soldados de acero. Me quedé parado junto a Bree y miré alrededor para enfocar mi parte favorita del monumento: tres estatuas sentadas alrededor de una fogata, sobre una losa de granito que tiene inscritas las palabras LA GUERRA OLVIDADA.

—¡Vamos! —dijo Bree en voz baja—. ¡Encuéntrenlo!

En el extremo noreste del monumento, dos de los perros rodearon una pared baja y oscura que decía LA LIBERTAD NO ES GRATIS. Volvieron a sus entrenadores, que los esperaban en el paso peatonal. El tercer pastor dio una vuelta más larga a favor del viento por el monumento a Martin Luther King antes de trotar de vuelta a su entrenador, junto con los demás.

—Río y Ben no han detectado nada —dijo un entrenador en la radio—. Y Kelsey tampoco encontró nada en el monumento a Martin Luther King. Podemos revisar el monumento a Lincoln, si quiere.

—Sí —dijo Bree—. Más vale prevenir que lamentar.

Mahoney dijo:

—¿El soplón es algo así como el pastorcito mentiroso?

—Es una táctica efectiva —dije—. Nos perturba a todos, nos pone en acción. Probablemente le divierta...

La bomba estalló detrás de nosotros.

CAPÍTULO 13

NOS ARROJAMOS AL SUELO CUBRIÉNDONOS LA CABEZA. Me cayeron trozos de grava sobre la espalda. Cuando terminó, levanté la cabeza y vi una delgada estela de humo color gris carbón levantándose a la derecha de un sendero que llevaba hacia el monumento a Luther King.

—¡Dios! —dijo Mahoney, levantándose y quitándose el polvo del traje—. ¿Cómo no vimos eso?

Bree, alterada pero a salvo, dijo:

—Los perros acaban de pasar por ahí.

El entrenador principal negó con la cabeza, perplejo.

—Si había una bomba, la habrían olido.

—¡Pues no lo hicieron! —espetó Mahoney, antes de llamar a un equipo forense para reunir los residuos de la bomba y analizarlos.

Todos nos pusimos botas desechables azules de hospital y nos dirigimos hacia el sitio de la explosión, luciendo nerviosos e inseguros por igual. Ayer, el terrorista puso dos bombas en la Explanada Nacional. Si los perros no olieron la primera, ¿no podría haber otra?

El agujero humeante medía menos de treinta centímetros de radio, tenía unos diez centímetros de profundidad, y estaba a dos pasos del paso peatonal, al otro lado de una cerca de malla ciclónica. Escondió la bomba bajo un junípero, ahora carbonizado y roto.

A varios pasos había un estuche aplastado y quemado en el piso.

—Parece una cámara —dijo Bree—. O solía serlo.

Eso me estremeció. ¿Cuántos turistas en Washington llevan cámara? Nadie la notaría nunca, al menos mientras el terrorista la estuviera cargando. Era listo y creativo. Pero algo de la explosión me inquietó.

—No causó mucho daño —dije—. Quiero decir, podría haber sido más grande, haber hecho una ofensa mayor.

—Ayer hirió a dos agentes —dijo Bree.

—No estoy minimizando eso. Sólo creo que ésta debería de haber sido una escalada.

—O debió poner al menos dos bombas —dijo Mahoney.

—Exactamente.

Antes de que Bree respondiera, uno de los entrenadores caninos gritó. Había encontrado algo del lado norte del monumento.

—¿Tu perro percibió un rastro? —exclamó Mahoney mientras nos acercábamos hacia ellos.

—No —dijo el entrenador—. La vi dentro de una bolsa transparente de basura: es una cangurera negra.

Bree activó su radio y dijo:

—Envíen aquí al equipo antibombas.

En menos de cinco minutos había llegado Peggy Denton, la comandante de la brigada antibombas del FBI. Observamos la pantalla de su iPad, que mostraba la transmisión de la cámara del robot y monitoreaba varios sensores electrónicos. Negó con la cabeza.

—No detectamos radio, teléfono móvil ni tampoco un temporizador. Podemos hacerle una radiografía.

Mahoney asintió. Pasaron tres minutos de tensión más mientras disponían unos aparatos portátiles de rayos X y analizaban la cangurera. Además de una botella de agua y de una camisa, había un artículo rectangular irregular, de alrededor de ocho centímetros de largo, cinco de ancho y cinco de grueso.

—Demasiado ancho para ser una barra de chocolate Snickers —dije—. ¿Un pastelito de chocolate?

—Demasiado denso para ser cualquiera de los dos —dijo Denton—. No veo ningún dispositivo de activación, ninguna cápsula explosiva ni cables de trampas cazabobos.

—Lo que tú digas —dijo Mahoney.

La comandante se puso el casco con visor, avanzó unos treinta metros a la basura y levantó la cangurera, abrió el cierre y sacó el objeto que estaba envuelto holgadamente en un papel encerado color verde opaco.

—¡Mierda! —dijo Denton por sus auriculares de radio—. ¡Necesito que traigan un dispositivo de contención, de inmediato!

Uno de los agentes de la brigada antibombas corrió hacia ella con una pesada caja de acero.

—¿Qué está pasando? —preguntó Bree.

—Es un explosivo plástico tipo C4 —le respondió Denton por la radio mientras su compañero abría la caja de acero. Colocó el material adentro y atornilló bien la tapa para cerrarla—. Semtex de Yugoslavia, de acuerdo con las marcas de la envoltura.

—¿Por qué no lo olieron los perros? —pregunté—. ¿No le agregan algo a los explosivos plásticos para que se puedan detectar?

—Se llaman marcadores químicos —dijo Denton, quitándose el casco y el visor—. Sospecho que este artefacto es viejo. Anterior a 1980, antes de que las leyes internacionales requirieran marcadores químicos.

Bree negó con la cabeza.

—Ayer, los perros olieron las bombas. ¿Por qué hacer sólo una bomba así, y no cuatro? ¿Y por qué dejar el C4 sin cargar?

—Supongo que lo dejó como advertencia —dije—. La primera vez usó los explosivos plásticos con marcadores químicos, pero ese juego ya terminó. Nos está diciendo que ya no podemos olfatearlo. Está diciendo que nos puede bombardear a voluntad.

CAPÍTULO 14

PASARON DÍAS DE TENSIÓN SIN NINGUNA LLAMADA del terrorista. Bree estaba bajo la presión del jefe Michaels. Mahoney estaba lidiando con el director del FBI.

El único avance vino del laboratorio criminal del FBI, confirmando que el explosivo usado en la tercera bomba era C4 yugoslavo anterior a 1980, y que los temporizadores de detonación eran muy sofisticados. Obra de alguien con experiencia.

Hice lo necesario para ayudar a Mahoney, entré a ver a mis pacientes, incluyendo a Kate Williams, quien llegó cinco minutos antes a la cita de medio día. Lo tomé como buena señal. Pero si pensaba que Kate estaba lista para aferrarse al salvavidas, y yo sin duda eso esperaba, me equivocaba.

—Hablemos un poco sobre la vida después de que huiste —dije, y me senté con la silla ubicada en un ángulo de no confrontación.

—No quiero que lo hagamos —dijo Kate—. Nada de eso importa. Los dos sabemos por qué estamos aquí.

—Me parece bien —dije, haciendo una pausa para considerar cuál era la mejor manera de proceder.

En situaciones como ésta, normalmente haría muchas preguntas sobre sus archivos, mientras observaba su lenguaje corporal en busca de pistas de su historia más profunda. Los indicadores de estrés y de tensión —la incapacidad de mantener contacto visual, por ejemplo, o el hábito de flexionar una mano— a menudo son señales claras de males más profundos.

Pero me había costado trabajo leer el lenguaje corporal de Kate, que se sentía tan derrotada que no lograba mostrar nada. Decidí cambiar las cosas.

—Está bien, hoy no habrá ninguna pregunta sobre el pasado. Hablemos del futuro.

Kate suspiró.

—¿Qué futuro?

—El futuro llega cada segundo.

—Con cada ligera respiración.

Leí desafío y desesperanza en su lenguaje corporal, pero proseguí:

—Si no te hubiera ocurrido nada de esto, ¿cómo sería tu futuro? ¿Tu futuro ideal, quiero decir?

Ella no desechó la pregunta, sino que la sopesó. Dijo:

—Creo que todavía estaría adentro, subiendo de rango en rango.

—Te gustaba el ejército.

—Amaba el ejército.

—¿Por qué?

—Hasta el final fue un buen lugar para mí. Yo funciono mejor con reglas.

—Sargento —dije, lanzando una mirada a su historial—, dos misiones. Impresionante.

—Era buena. Y luego ya no lo fui.

—Cuando eras buena, ¿dónde te imaginabas seguir en el ejército?

Creí haber cruzado una abertura, pero Kate la cerró por completo. Dijo:

—Ya me dieron de baja, doctor Cross. No es sano soñar con algo que nunca podrá ocurrir.

Me observó como una jugadora de ajedrez en busca de una indicación de mi siguiente movida.

¿Debería pedirle que imaginara un futuro para alguien más? ¿O darle pie para llevar la conversación hacia una nueva dirección? Antes de decidir, Kate lo resolvió por mí.

—¿Están investigando los explosivos? —preguntó—. ¿En la explanada? Vi las noticias la otra noche. Su esposa estaba ahí, y pensé haberlo visto al fondo.

—Estuve ahí, pero no puedo hablar de eso más allá de lo que ya has escuchado —dije—. ¿Por qué?

Se puso tensa.

—Es una cuestión de confianza, supongo.

Capté una parte de lo que sugería, pero su cuerpo me dijo que había más.

—¿Hay algo que me quieras contar?

Con dificultad, finalmente dijo.

—Los conozco. Son como ratas, escarbando en la tierra, esperando que pases por ahí.

—¿Los que ponen bombas?

La mirada de Kate se volvió lejana. Parecía que estaba viendo cosas terribles, y su rostro se estremecía con las emociones reprimidas.

—Apestosas ratas del desierto—dijo suavemente—. Sólo salen de noche, Doc. Es bueno recordar eso, las ratas del desierto y las arañas camello sólo salen de noche.

Zumbó la alarma de mi teléfono, y casi maldije, pues nuestra hora casi terminaba. Sentí que estábamos llegando a algún lado. Cuando finalmente silencié la alerta, Kate había vuelto de su lugar oscuro y notó mi frustración.

—No se preocupe, Doc —dijo, y sonrió con tristeza al levantarse—. Usted intentó acercarse a la loca lo mejor que pudo.

—No estás loca.

Se rio con tristeza.

—Oh, sí lo estoy, doctor Cross.

CAPÍTULO 15

LIMPIÁNDOSE LAS LÁGRIMAS, Mickey dejó el Centro médico para veteranos y corrió para tomar el autobús D8 hacia el sur. Apenas llegó, y no le sorprendió encontrar el autobús prácticamente vacío a esta hora tan rezagada.

Respirando fuerte, Mickey fue a su asiento favorito, apenas lanzándole una mirada a los únicos otros dos pasajeros, un anciano con bastón y un hombre robusto con overol de trabajo azul.

Mientras el autobús se empezaba a mover con un chirrido, Mickey se sintió cansado, más de lo que había estado en semanas, en meses, quizás. En vez de pensar en eso todo el camino hasta Union Station, se bajó la gorra de beisbol sobre los ojos y se relajó. Mientras sentía que el autobús se mecía y escuchaba el rugir de los neumáticos, se durmió y sucumbió a otro momento: a un lugar en guerra.

En sus sueños, el sol estaba ardiente. Mickey se había enterrado en una trinchera mientras los enemigos bombardeaban un puesto de avanzada en las montañas de la provincia de Helmand en Afganistán. Cada estallido se acercaba más y más.

Las piedras y la tierra caían y silbaban sobre su casco, golpeaban la parte de atrás de su chaleco Kevlar, lo hacían estremecerse y hacer muecas de dolor, mientras se preguntaba a cada estruendo si finalmente le había llegado la hora.

—¿Dónde carajos está esa cosa? —gritó una voz.

—En la colina superior, dos de la tarde —respondió otra voz—. Trescientos metros bajo de la cúspide.

—No lo encuentro —gritó la voz agudizándose—. ¡Denme un rango!

Un tercer hombre gritó:

—Mil seiscientos noventa y dos metros.

—¿La colina con dos arbustos a la derecha?

—¡Afirmativo!

—Lo tengo. Sólo se tiene que dejar ver.

Una cuarta voz gritó:

—¡Hazlo humo, Hawkes! ¡Destroza al hijo de perra!

El ataque se había ralentizado hasta detenerse. Mickey se levantó, y el sospechoso se deslizó escupiendo polvo y asomando la cabeza por la trinchera.

A su derecha, como a unos veinte metros atrás, Hawkes estaba instalado con un rifle de francotirador Barrett calibre .50 con mira de alta resolución. Musculoso y con el pecho desnudo bajo su armadura militar, Hawkes tenía en una de las comisuras de los labios la colilla de un cigarro barato sin encender.

—¡Derríbalo, Hawkes! —gritó Mickey—. Tenemos mejores cosas que hacer.

—No nos moveremos hasta que ese imbécil muestre la cabeza —respondió Hawkes, sin dejar ni un momento la mira.

—¡Quiero irme a casa! —dijo Mickey—. Y que tú también vayas a la tuya.

—Todos queremos irnos, amigo —dijo Hawkes.

—Iré a surfear algún día, Hawkes —dijo Mickey—. Aprenderé a montar grandes olas.

—La costa norte, *nene* —remató Hawkes, como añorando un castillo en el aire para él también—, el canal Banzai, la playa Sunset... ¡Ah, ahí estás, maldito! No pudiste con el suspenso, ¿verdad? Tenías que ver cómo tus enemigos volaban más allá del paraíso con esos últimos tres morteros.

Hawkes le quitó el seguro al rifle y dijo:

—¡Estoy disparando, chicos!

Antes de que alguien pudiera contestar, el arma calibre .50 estalló y escupió fuego. En el calor centelleante, Mickey juró que podía ver la estela que dejaba la bala mientras rasgaba el espacio, más de mil metros sobre la superficie de la montaña, antes de pegar con impacto mortal.

Los demás hombres empezaron a celebrar. Hawkes finalmente soltó el rifle, y miró a Mickey con una gran sonrisa boba.

—Ahora nos podemos ir a casa, amigo.

Mickey sintió que alguien lo sacudía, y se despertó con un sobresalto.

—Union Station —dijo el conductor—. Fin de la ruta.

Mickey bostezó y dijo:

—Disculpe, señor. Largo día.

—Para todos —respondió el conductor—. ¿Tienes que llegar a algún lado?

Mickey se sintió avergonzado, pero dijo:

—A la casa de mi mamá, pero no está lejos.

El conductor se hizo a un lado para que Mickey bajara del camión. Entró a la terminal de autobuses y siguió por los andenes hasta los trenes y el metro. La mayoría de las tiendas dentro de Union Station estaban cerradas y a oscuras, aunque todavía había un buen número de pasajeros esperando abordar el tren Amtrak.

Mickey se comportó como si tuviera frío, se jaló la capucha para cubrirse de las cámaras de seguridad, se acercó a los casilleros, y sacó una llave para extraer una pequeña bolsa y sacar una caja de pollo frito, frío y grasoso. La pierna y el ala que quedaban tenían un delicioso sabor picante.

Mickey volvió a echar los huesos en la caja justo cuando resonó un altavoz sobre su cabeza:

—Amtrak anuncia la salida del tren noreste a Boston, partiendo a las 10:10 del andén cuatro. ¡Todos a bordo!

Con la caja de cartón en la mano, buscó en el bolso para encontrar su boleto, se unió a las multitudes y caminó hacia la puerta del andén cuatro. Le mostró su boleto al conductor, quien lo escaneó con desinterés e hizo una mueca indicándole que pasara, y luego recibió el boleto del pasajero que venía detrás.

Mientras avanzaba entre la maraña de pasajeros, Mickey caminó por un angosto túnel que llevaba hasta el andén. Pasó junto al vagón restaurante y caminó hasta detectar un bote de basura dos vagones atrás de los motores. Sin bajar la velocidad, echó al bote la caja grasosa de pollo frito que contenía la bomba.

Luego abordó el tren y se acomodó en un asiento. Su boleto decía Baltimore, pero bajaría en la primera parada, New Carrollton, y tomaría el metro de regreso a la ciudad, donde trataría de dormir un rato, antes de llamar a la jefa Stone.

CAPÍTULO 16

EL TELÉFONO DE BREE SONÓ cinco minutos antes de las tres de la mañana.

Gemí y me di la vuelta, y vi su silueta incorporándose en la cama.

—Bree Stone —respondió adormilada.

Luego se tensó. Su mano libre se extendió y me dio un golpecito mientras ponía la llamada en altavoz.

—La ciudad arde —ronroneó la voz—. Hay una tercera bomba. Se teme que aparezcan más.

La dicción y el tono de voz del terrorista era justo como la había descrito Bree. No podía distinguir si hablaba una mujer o un hombre.

—¿Aparecerán más?

—Todos los días, hasta que la gente lo empiece a sentir en los huesos —dijo el terrorista—. Hasta que haya un cambio en su mentalidad, para que entiendan cómo se siente.

—¿Qué tipo de cambio? ¿Sentirse cómo?

—Todavía no lo entiende, ¿verdad? Busque en Union Station, jefa Stone. En unas cuantas horas la estación estará llena de viajeros.

Se cortó la llamada.

—¡Mierda! —dijo Bree. Se quitó el edredón y salió de la cama de un salto, haciendo llamadas mientras iba hacia el vestidor.

Yo ya me había levantado y me estaba poniendo la ropa a empellones, cuando la operadora central respondió su llamada, y Bree empezó a dar órdenes mientras se vestía.

—Tenemos una amenaza de bomba en Union Station —dijo—. Llamen a la Policía Metropolitana, despejen Union Station y coloquen un perímetro afuera. Manden perros y brigadas antibombas de inmediato. Alerten al jefe Michaels, a Mahoney, al agente especial del FBI; notifiquen a la policía del Capitolio, avisen al alcalde y a Seguridad Nacional. Llego en nueve minutos máximo.

Finalizó la llamada y se puso una camiseta con las palabras POLICÍA METROPOLITANA estampadas en la espalda. Yo me estaba atando los zapatos cuando salió.

—¿Qué haces?

—Voy contigo —respondí—. Mahoney llegará pronto.

Bree dudó, pero luego asintió.

—Tú puedes manejar —dijo.

Ocho minutos después frené bruscamente y me estacioné frente a las parpadeantes luces azules de dos patrullas de la policía del Capitolio que bloqueaban la avenida Massachusetts y la calle Dos al noreste.

Bree bajó de un brinco, y levantó su insignia.

—Soy la jefa Stone, de la Policía Metropolitana.

—La brigada de bombas del FBI y la unidad K-9 de la Policía Metropolitana acaban de cruzar la calle Capitolio Norte y se dirigen hacia la estación, jefa —dijo un oficial.

—¿Está despejada la estación?

—Afirmativo —dijo el oficial—. Se acaba de retirar el personal de limpieza.

Bree me miró y dijo:

—El doctor Cross es un consultor del FBI para estos ataques. Entrará conmigo.

Los oficiales se hicieron a un lado. Avanzamos por la avenida Massachusetts, que estaba desierta, hasta los vehículos de la brigada antibombas del FBI y los dos equipos K-9 de la Policía Metropolitana instalados frente a la estación. Tres hombres caminaron hacia nosotros con overoles de trabajo.

—¿Son parte del equipo de limpieza? —pregunté, deteniéndome.

Los hombres asintieron.

—Sígueme —me pidió Bree.

Les hice unas preguntas y luego encontré a Bree en la parte de atrás del vehículo de la brigada antibombas del FBI, donde Peggy Denton se estaba poniendo el traje.

—¿Tenemos un tiempo límite? —preguntó Denton.

—No lo dijo con esas palabras — señaló Bree—. Sólo sugirió que vigiláramos Union Station, porque a las seis de la mañana la estación estará llena de gente que va al trabajo.

—El lugar es tremendamente grande como para revisarlo en dos horas y veinte minutos.

—Podemos limitarlo un poco —dije.

—¿Y cómo lo haríamos?

—A este terrorista le gustan los botes de basura. Tres de los cuatro artefactos explosivos estaban en un bote. El personal de limpieza me dijo que ellos estaban trabajando desde la entrada principal, al norte. Barrieron, pasaron la pulidora y luego recogieron las bolsas de basura del pasillo principal y del primer nivel de tiendas. Pusieron las bolsas en los contenedores de la basura: dos de ellos en el pasillo de los comercios y el área de comida, y uno en el pasillo principal. Yo llevaría primero a los perros a esos contenedores, luego revisaría el segundo piso de tiendas, la taquilla de Amtrak y los andenes de los trenes. Después de eso, la estación del metro.

La comandante de la brigada antibombas del FBI miró a Bree.

—¿Está de acuerdo, jefa?

—Sí —dijo—. Gracias, doctor Cross.

—A sus órdenes —dije.

Ned Mahoney apareció junto con dos perros detectores de bombas del FBI y toda la unidad de bombas de la Policía Metropolitana.

—Tenemos que dejar de vernos así, jefa —dijo Mahoney, con los ojos cansados y bebiendo un café de Starbucks.

—Descubrieron nuestro secreto —le respondió Bree.

—Está disminuyendo... —dije— el intervalo entre los ataques se está volviendo más breve. Veinticuatro horas entre el primero y los siguientes dos. ¿Y ahora quince horas?

—Correcto —dijo Mahoney, asintiendo—. ¿Cuánto tiempo tenemos?

—Dos horas dieciocho minutos —dijo Bree—. A las seis de la mañana.

Denton dijo:

—Si el doctor Cross tiene razón y lo escondió en un bote de basura, lo podríamos encontrar mucho más rápido.

—A menos que haya vuelto a usar C4 yugoslavo —dije.

—Trataremos cada bolsa o bote de basura como si fuera una bomba activa.

Los primeros perros entraron a las 3:39 de la mañana. Después de que pasaran las brigadas antibombas, nos quedamos en el abovedado pasillo principal de la estación, escuchando el eco de los perros y sus entrenadores.

Ninguno de los K-9 reaccionó a los contenedores de basura que habían utilizado los limpiadores. Pero Denton los hizo volcar con prudencia y vació la basura, cubriéndola con tapetes antibombas.

No podría hacer lo mismo con cada bolsa de basura que quedara en la estación. En vez de eso, les dijo a sus agentes que se pusieran cascos protectores. Reunirían cada bolsa de basura que quedara en el edificio y la cubrirían con tapetes.

Primero despejaron el segundo piso. Noté una caja de periódicos del *Washington Post*, y la señalé. Los encabezados decían:

LA CIUDAD ARDE. SE TEME QUE APAREZCAN MÁS.

—¡El sospechoso estaba leyendo el periódico! —dijo Bree.

—Siguiendo sus propias hazañas —sugerí—, disfrutándolas.

Los perros despejaron la Sala Amtrak.

—Debe estar en uno de los andenes de afuera —les dije a Bree y Mahoney—. Los limpiadores dijeron que siempre dejan esa zona al final.

Mahoney ordenó al personal de búsqueda que fuera a los andenes. Pasamos por un breve túnel hacia el andén seis y observamos mientras los perros pastor alemán corrían por los trenes oscuros, flanqueaban los andenes uno y dos, iban de un bote de basura a otro y olfateaban las puertas abiertas que llevaban a los vagones de pasajeros.

Bree revisó su reloj.

—Lo encontraremos —aseguró—. Sólo hay una cantidad limitada de lugares en los que pudo colocarla...

Las vías de cada lado de los andenes cuatro y cinco estaban vacías. No había nada que bloqueara el resplandor de la bomba que estalló en un bote de basura en el extremo del andén cuatro, ni el estruendo que nos dañó los oídos y nos puso de rodillas.

Eran las cuatro de la mañana en punto.

CAPÍTULO 17

EN LA TARDE, LE ABRÍ LA PUERTA A KATE WILLIAMS, quien me saludó antes de bajar a la oficina del sótano y tomó un asiento sin que se lo ofreciera.

—¿Cómo estás? —le dije, moviendo mi silla para colocarla en un ángulo amigable.

—Podría estar peor —dijo.

—¿Tienes dolores de cabeza?

—Van y vienen.

—Cuéntame sobre ese día.

Kate se estremeció.

—La cosa es que, doctor Cross, no recuerdo mucho. Cuando te lastiman tanto, tiendes a olvidar las cosas, ¿comprende?

—Comprendo. ¿Qué es lo que *sí* recuerdas?

Ella se movió nerviosamente.

—¿Podemos hablar de otra cosa hoy?

Bajé la pluma.

—Está bien. ¿De qué hablamos?

—¿Su esposa es jefa de la policía?

—Jefa de detectives —le dije.

—Es parte de la investigación de las explosiones. La vi en las noticias. A usted también.

—El FBI me invitó como consultor.

Kate se hizo para adelante en su silla.

—¿Qué sucedió esta mañana en Union Station?

—Más allá de lo que viste en las noticias, Kate, en realidad, no lo puedo discutir.

—Pero yo le puedo ayudar —dijo, animada—. Si conozco algo es a los terroristas que utilizan artefactos explosivos, doctor Cross: sé cómo piensan, cómo actúan, qué buscar, cómo olfatearlos. Con o sin perros.

Intenté no parecer escéptico.

—Es lo que yo hacía en Irak —dijo—. Junto con mi equipo. Nos enviaban a cuidar los convoyes de provisiones, pero simple y sencillamente éramos cazadores de artefactos explosivos.

Kate me contó que su equipo, que incluía un pastor alemán llamado Brickhouse, viajaba en un RG-33 MMPV, un "vehículo blindado contra minas" que a menudo guiaba a los convoyes por los territorios hostiles. El trabajo de Kate exigía que se sentara en la parte superior de una torre para metralleta calibre .50 y observara el camino frente a ellos en busca de señales de emboscadas o posibles emplazamientos de explosivos.

—¿Y qué buscabas? —dije. Noté cómo había cambiado su comportamiento.

—Para empezar, cualquier alteración significante en la superficie —dijo—, alguna caja grande o lata a la orilla del camino o en los matorrales. ¿Hay alcantarillas más adelante?,

¿puentes?, ¿cables de luz sueltos que cuelguen hasta el nivel del suelo?, ¿hay vigías en los techos que nos acechen? ¿hay hombres o mujeres que se alejen apresuradamente del camino y qué tengan la ropa cubierta de tierra roja?, ¿usaban teléfonos móviles?, ¿binoculares? Si era de noche, ¿percibíamos algo con las cámaras infrarrojas? Era una larga lista que gradualmente se transformaba en instinto vil.

La observé por un instante, preguntándome si ella podría estar involucrada. La voz del terrorista era suave, andrógina. Pero no vi engaño en su lenguaje corporal, sólo noté apertura y honestidad.

—Vamos, doctor Cross —dijo—, puedo ayudar.

—Está bien —suspiré—. No te puedo contar todo. Pero, sí, estalló un artefacto en Union Station por la mañana. Nadie salió lastimado. La bomba causó daños mínimos.

—¿Estaba controlada por radio?

—Por medio de un temporizador.

Eso pareció sorprenderle, pero se encogió de hombros.

—Pero, no trataba de estallar sobre un blanco en movimiento, ¿o sí? ¿Qué combustible utilizaron?, ¿fertilizante?

Titubeé, pero me intrigó la dirección que tomaban sus preguntas.

—Explosivos plásticos.

—C4. Eso utilizaban cuando el blanco era algún puente. ¿Me describe las ubicaciones?

Le conté que habíamos encontrado cuatro de las cinco bombas en botes de basura, y una enterrada junto al sendero entre los monumentos a la Guerra de Corea y a Martin Luther King.

—El sospechoso está nervioso —dijo—. Por eso usa botes de basura. Es fácil: disfrazas tu explosivo de otra cosa, lo tiras y sigues caminando. ¿Qué tan poderosas eran las bombas?

—Tendría que preguntarles a los de Quantico. Están analizando lo que queda.

—Pero no estamos hablando de daños significativos —dijo—. No hay balines ni tornillos envueltos alrededor del C4 para causar un caos máximo.

—No que yo sepa.

Se quedó mirando a la distancia.

—Utilizan eso cuando quieren mucha sangre. ¿Quién les está dando aviso?

No habíamos revelado que el terrorista llamaba a Bree directamente, así que la cuestioné:

—¿Dándonos aviso?

Kate inclinó la cabeza.

—Cada vez que ha estallado algún dispositivo, la policía y el FBI están en la escena, buscando activamente una bomba. Alguien debió haberles advertido.

—No puedo dar detalles.

—¿Allahu Akbar, del yihad?

—No lo creo.

—Esa es otra cosa con la que yo siempre trataba de sintonizarme. Aprendí suficiente árabe para localizar frases pintadas con aerosol cerca de los artefactos.

—¿En serio?

—Sí, por supuesto —dijo.

—No ha habido nada de eso.

Kate se quedó pensando en eso.

—¿El sospechoso les está dando alguna causa?

—Cambiar la mentalidad de la gente. Hacerles entender.

—¿Lo está citando?

—Sí.

Se quedó callada durante casi un minuto y finalmente dijo:

—No es ningún terrorista de Oriente Medio, eso es seguro.

Yo estaba de acuerdo con ella, pero le pregunté:

—¿Cómo lo sabes?

—Ese tipo de sujetos son agresivos y directos al explicar por qué lo hacen —dijo—. Dan todo el crédito a Alá o al grupo extremista al que pertenecen. Y el daño que estas bombas han hecho no tiene mucho sentido para mí. En vez de hacer cinco explosivos, ¿por qué no usar todo ese C4 y hacer una verdadera declaración? ¿Envolverlo con tornillos, argollas y tuercas, y llevarlo a algún lugar donde haya mucha gente, como lo hicieron los terroristas del maratón de Boston?

Eso tenía sentido.

—¿Y cuál será el cambio de mentalidad que está buscando? ¿Qué nos quiere hacer entender?

Kate se mordió el labio.

—No lo sé. Pero tengo la sensación de que, si responde a esas preguntas, doctor Cross, encontrará al terrorista.

CAPÍTULO 18

CAÍA UNA INTENSA LLUVIA CUANDO MICKEY dejó el Centro médico para veteranos mucho tiempo después de que hubiera oscurecido. Tan pronto como sintió que las gotas le mojaban el rostro, dejó fluir la emoción que había contenido en lo profundo de la garganta. Sollozó dando un par de suspiros y finalmente dejó caer las lágrimas. De todos modos, ¿quién podía darse cuenta de que lloraba en la lluvia?

Sin duda, nadie que Mickey hubiera encontrado entre el hospital y la parada de autobuses D8. Todos estaban agachados, tratando de cubrirse. Estaba solo en la banca cuando llegó el autobús de la zona de hospitales.

Mickey subió, y se consternó cuando su asiento favorito, cerca de la puerta trasera estaba ocupado por un latino a quien reconocía. Como a casi todos los que viajaban por la zona de hospitales, la guerra lo había hecho pedazos, y siempre estaba enfadado.

Mickey asintió mientras caminaba y ocupaba un lugar vacío dos filas detrás, con la intención de retomar su territorio tan pronto como se fuera aquel hombre.

Pero el autobús estaba cómodo, y Mickey estaba más cansado y abatido que nunca. *¿Por qué lo hice? ¿Qué no entienden? ¿Cómo pueden no entenderlo?*

Las lágrimas le empezaron a brotar de nuevo. Mickey se las limpió frenéticamente con la manga. No podían verlo llorar ahí. Afuera en la lluvia era una cosa, pero no aquí.

Sé valiente, hombre, pensó, mientras sus ojos se cerraban lentamente. *Sé un soldado.*

Mickey dormitaba y soñaba con escenas que había imaginado muchas veces. Sintió que los neumáticos golpeaban contra los baches, y sintió que ya no estaba en el autobús, sino en la parte trasera de un camión militar de EU que lo alejaba para siempre de la base y lo llevaría directamente a Kandahar, luego a Kabul, y luego a casa.

—¿Estás contento, amigo? —preguntó Hawkes—. ¿Vuelves a Estados Unidos?

Hawkes, el francotirador, estaba sentado en la banca opuesta, junto a la plataforma trasera, con su rifle Barrett equilibrado entre las piernas, y una sonrisa de oreja a oreja, como si le acabaran de contar el mejor chiste de su vida.

—Tenlo por seguro, Hawkes —dijo Mickey.

—No lo pareces.

—¿No? —dijo Mickey—. Sólo estoy nervioso, es todo. Estamos tan cerca, Hawkes, lo puedo sentir. No habrá más hijos de perra desquiciados lanzando morteros. Dejar esta mierda atrás para siempre. Ir a casa y... ¿qué harás cuando regreses?

Hawkes echó la cabeza para atrás riéndose, desde lo más profundo de su vientre.

—Besar a mi esposa y jugar con mi hijito, Mickey.

—Estará contento de que su papá vuelva —dijo Mickey—. Es tan...

Empezaron a sonar armas automáticas desde lo alto de las rocas que flanqueaban el camino.

—¡Una emboscada! —gritó Hawkes—. ¡Abajo, amigo! Todos...

Hawkes desapareció durante un estallido de fuego que dejó también inconsciente a Mickey.

Por lo que parecía una eternidad, sólo hubo oscuridad. Luego una luz de neón jugueteó en sus párpados, y alguien le sacudió la rodilla.

Mickey se sobresaltó, y despertó para ver al hombre enfadado que los estaba mirando.

—Union Station.

—¡Oh! —dijo Mickey—. Gracias.

Tomó su mochila y bajó del autobús, corriendo a la terminal para esquivar la lluvia. Por todos lados había agentes de la policía, perros y reporteros. Pero ni uno de ellos puso la menor atención en él mientras avanzaba entre la multitud hacia las estaciones del metro y del tren.

Evitando los andenes del tren o del metro, Mickey cruzó por el vestíbulo principal y salió por la puerta delantera. Había cuatro o cinco furgonetas satelitales de noticias, estacionadas a lo largo de la avenida Massachusetts, frente a Union Station.

Cuando encendieron las luces, Mickey se dio la vuelta y volvió a entrar. Luego, se subió la capucha y esperó a que dos hombres mucho más altos que él salieran de la estación. Apuró el paso colocándose justo detrás de ellos y quedó protegido tras sus sombras. Caminó así hasta que pasaron una cuadra completa lejos de las luces de televisión.

Mickey siguió caminando al este, más allá del parque Stanton. Llegó a una casa dúplex de fachada de ladrillo en Lexington Place, y usó una llave para entrar lo más silenciosamente posible.

Por el pasillo, desde una habitación, titilaba la luz de la televisión. Podía oír a una mujer que cantaba a todo pulmón con una banda, lo más seguro es que se tratara de uno de esos programas de talentos que su madre tanto amaba. Mickey esperó que las canciones cubrieran el sonido de sus pasos subiendo por las escaleras.

Pero cuando casi llegaba hasta arriba, terminó la canción. Su mamá gritó con voz ebria:

—Mick, ¿eres tú?

—Sí, ma.

—Estaba muerta de la preocupación.

—Sí, ma.

—Hay pollo frito en el refrigerador, si quieres. Y tráeme un poco de hielo.

—Estoy cansado, ma —dijo—. Me tengo que despertar temprano.

No esperó una respuesta, pero se apuró por las escaleras, dio vuelta al barandal y entró a su alcoba. La cerró con llave y esperó algún indicio de qué tan alcoholizada estaba su madre. Si estaba un poco borracha, no estaría molesta. Si estaba muy borracha, lo más probable es que golpeara su puerta y le gritara maldiciones.

Pasó un minuto, y luego dos.

Mickey dejó la mochila en el suelo, se quitó el impermeable y hurgó debajo del colchón para sacar un libro de pasta rústica con las páginas dobladas que había comprado en línea por veintidós dólares. Había leído *Una guía práctica para hacer bombas improvisadas* al menos ocho veces en los últimos meses, pero se subió a la cama y volvió al capítulo sobre los explosivos controlados por radio.

Mickey leyó durante una hora y estudió los diagramas hasta entender cómo construir el mecanismo de detonación y la mejor manera de activarlos.

Lanzó una mirada al reloj que tenía en la cómoda y contuvo un bostezo. Eran las once de la noche.

Abrió un cajón de la mesita de noche y sacó uno de seis teléfonos desechables que había comprado en línea, en un paquete que un distribuidor de Oklahoma tenía en oferta. Luego activó la aplicación Cambiador de voz en su teléfono inteligente. Mickey encendió el teléfono desechable, lo activó con una tarjeta de prepago y le marcó a la jefa Bree Stone.

No están escuchando, pensó mientras sonaba el teléfono de Bree. *Es hora de subirle al volumen.*

CAPÍTULO 19

BREE INTENTABA MANTENERSE DESPIERTA para escuchar las noticias de las once, cuando su teléfono empezó a sonar. Se esforzó para levantarse del sillón y me dijo:

—Responde pero bloquea la voz.

Apreté el botón de silencio y dije:

—Pon el altavoz.

Asintiendo, Bree tomó su teléfono y respondió la llamada.

La voz extraña, suave, casi femenina habló:

—¿Jefa Stone?

—¿Quién eres? ¿Cómo te llamas?

Después de una larga pausa, dijo:

—Nick. Nick el vengador.

Bree me lanzó una mirada y señaló su reloj. Empecé a tomar el tiempo. El FBI estaba monitoreando y rastreando todas las llamadas que llegaban a su teléfono. Si lograba mantenerlo en la línea por un poco más de un minuto, lo podrían localizar.

Ella dijo:

—Nick, ¿qué debemos hacer para detener las bombas?

Esa pregunta formaba parte de un plan que habíamos discutido previamente. Los dos creímos necesario sacar al terrorista de sí mismo y hacerlo hablar más de su siguiente blanco.

Después de varios segundos, dijo:

—Se necesitarán cambios en el Capitolio, jefa. El Congreso necesita mover el trasero y tratar bien a la gente que combate en sus guerras. Deben dejar de pisotear a los veteranos. Es hora de que todos sientan lo que ellos han sufrido, lo que sufren todavía. Si yo fuera usted, despejaría el Monumento a Washington.

Cortó la llamada.

—¡Hijo de perra! —dije—. Cuarenta y cuatro segundos.

Tomamos nuestros impermeables y salimos a la lluvia torrencial. Yo manejé. Bree empezó a hacer llamadas para que, una vez más, cerraran la Explanada Nacional y convocaran a los perros detectores y a las brigadas antibombas. Ned Mahoney me llamó mientras daba vuelta sobre la avenida Independencia.

—¿Tú también lo escuchaste? —preguntó.

—Sí. ¿Rastrearon la llamada?

—El terrorista se encuentra en el radio de ocho kilómetros del Capitolio. Es lo más cerca que llegamos.

—¿Alguna suerte con las cintas de vigilancia de Union Station?

—Tengo a cuatro agentes revisando los videos de las veinticuatro horas anteriores a la explosión, comenzando desde el estallido hacia atrás. Hasta ahora, nada.

—¿Y Quantico?

—Ya hicieron los reportes iniciales de las primeras dos bombas —dijo Mahoney—. Los detonadores son simples, como los de cualquier artefacto de Oriente Medio. Pero el explosivo no era un C4. Por eso los perros sí pudieron localizarlos.

—¿Y qué era el explosivo?

—Pólvora, como la que utilizan ciertas armas, pero modificada para volverla más poderosa. La produce una empresa de Montana.

—¿Entonces lo podríamos rastrear? —dijo Bree.

—No es tan fácil como crees —dijo Mahoney—. En realidad, no hay restricciones para usar ese material. Puedes pedirlo en docenas de páginas web o comprarlo directamente en una tienda de caza y pesca. Es sorprendente, pero la empresa fabrica y vende miles de kilos de pólvora al año.

Pensé en voz alta.

—Entonces está al tanto de una amplia gama de explosivos. ¿Qué clase de persona tiene ese tipo de conocimientos? Quiero decir, para buscar y conseguir el C4.

Mahoney dijo:

—El dinero todo lo puede. Hoy en día, puedes comprar prácticamente todo en el lado oscuro de internet.

—Tal vez se trata de alguien con entrenamiento de verdad, un militar. O exmilitar.

—¿Como un sargento de artillería de la Marina?

—Tim Chorey está en el centro de rehabilitación —dije. Empecé a ver luces azules frente a nosotros y patrullas que bloqueaban el acceso al Monumento a Washington.

—No, no lo está —dijo Mahoney—. Le pedí a alguien que averiguara su paradero. Chorey salió hace cuatro días, a pocas horas de que lo dejaras ahí.

CAPÍTULO 20

LLEGÓ LA MADRUGADA. La lluvia había caído torrencial y despiadadamente durante toda la noche, lo que obstaculizaba la búsqueda de la más reciente bomba, y las nubes oscuras que se cernían sobre el Monumento a Washington no mostraban señal de despejarse.

Bree y yo estábamos en el coche, tomando un descanso y escuchando la estación de noticias WTOP y tomando café. Yo escuchaba el noticiario que cubría la más reciente amenaza de bomba y su probable efecto sobre el tránsito para quienes se trasladaban al trabajo.

Todavía estaba pensando en Tim Chorey. Mientras lo llevaba al centro de rehabilitación, me dijo que estaba listo para un cambio. Estaba harto de permanecer en las calles, cansado de vivir en un mundo sin sonido y fastidiado de que lo reventaran todo el tiempo. *Reventaran,* esa fue la palabra que había usado.

¿Será que, todo este tiempo, el veterano estuvo jugando conmigo? Me gusta pensar que soy bastante astuto para juzgar

a las personas y un excelente lector del lenguaje corporal. Yo de verdad le había creído a Chorey, y di la cara por él.

Se abrió la puerta trasera. Mahoney entró, vestido con un impermeable del FBI y una gorra de beisbol. Se quitó la capucha y dijo:

—Parece que hay un monzón allá fuera.

—¿Sabemos algo? —pregunté.

—Estamos seguros de que el monumento interior está limpio. Pero esta lluvia nos está enloqueciendo. De verdad causa estragos en las narices de los perros.

—Y el sospechoso pudo haber usado de nuevo C4 anterior a 1980.

—Cierto. También puede ser que abandonara su predilección por los botes de basura como sitios ideales para poner una bomba. Revisamos todos en un radio de kilómetro y medio.

Bree dijo:

—¿Oyeron eso?

La volteamos a ver. Ella le subió el volumen a la radio, que reportaba una propuesta de ley de presupuesto para los veteranos que se había estancado en el Senado. Si la propuesta no llegaba al escritorio del presidente antes del viernes, cortarían los fondos de los programas más relevantes para los veteranos en todos los sectores.

—¿Crees que eso tenga algo que ver? —pregunto Mahoney.

—El sospechoso mencionó que el Congreso no trataba bien a los veteranos —dijo Bree—. Quizás ésta sea su motivación. Sabe que esta propuesta debe ser aprobada en cuatro días, así que nos está presionando.

—¿Pero nunca mencionó eso específicamente? —dijo Mahoney.

—No —dijo Bree—. No lo hizo.

—Han pasado siete horas desde su llamada —dije—. Quizás esta vez no haya bomba. Tal vez sólo nos está provocando.

—¿Qué te hace pensar eso? —preguntó Bree.

—No le cuesta nada. Nos moviliza, nos pone los nervios de punta, hace enloquecer a los medios y no requiere ni un gramo de explosivos plásticos para hacerlo.

—Pues a mí sí me tiene con los nervios de punta —dijo Mahoney—. Seis tazas de café y dos horas de sueño en las últimas veinticuatro horas no son aptas para la salud mental.

—No. Aunque tampoco debemos sospechar que Chorey es el hombre que buscamos —dije, asomándome sobre el asiento trasero.

Mahoney se puso tenso, pero levanté la palma de la mano, en son de paz.

—El terrorista escucha perfectamente. Chorey no es el que está llamando a Bree, a menos que le hayan hecho un implante de oído. Leí sus archivos médicos y no hay manera...

Ned levantó las dos manos.

—Estoy de acuerdo, Alex. Él no es quien le llama. Pero podría ser su cómplice.

No podía discutir esa posibilidad.

—¿Lo consideras un presunto implicado?

—Se supone que debo hablar de eso con el director adjunto en diez minutos —dijo Mahoney.

—¿Le vas a señalar eso? —repreguntó Bree.

—Sería negligente de mi parte no hacerlo.

Contuve un bostezo, luego revisé el reloj.

—¿Tienes pacientes? —preguntó Bree.

—Sólo uno. A las ocho de la mañana.

—Podrías cancelar.

—Voy aguantar un poco más y después dormiré un rato.

Antes de que Bree dijera algo más, sonó su teléfono.

—¡Aquí está! —exclamó mientras respondía con el altavoz.

—Me equivoqué... —dijo una voz suave y extraña—. ¡Qué vengador tan tonto! Puse esa bomba en el Museo de Aire y Espacio.

CAPÍTULO 21

DOS MINUTOS ANTES DE LAS OCHO sonó el timbre del sótano, y desperté sobresaltado en la oficina. Después de dejar a Bree y a Ned en la explanada del Museo Nacional de Aire y Espacio, fui directamente a casa entrecerrando los ojos.

—¡Voy! —grité, y fui al baño para echarme agua fría en la cara.

Abrí la puerta. Ya había dejado de llover y Kate Williams sonreía radiante.

—¿Estuvo en la escena del crimen esta mañana? —preguntó, sin aliento y emocionada.

—Toda la noche —dije, mientras la conducía hacia mi oficina.

—¡Oh! Pues estoy contenta de que no cancelara nuestra cita, doctor Cross. Creo que encontré algo sobre el terrorista.

Cerré la puerta de la oficina, con la sensación de que se avecinaba un dolor de cabeza.

—Sabes, Kate, el FBI, la Policía Metropolitana, la de Parques y la del Capitolio se están esmerando mucho.

Su expresión se volvió pétrea.

—¿Y cree que no se me puede ocurrir algo que a los profesionales se les pase?

—No dije eso.

—Lo sugirió.

Me froté las sienes y tomé asiento.

—Te pido una disculpa. No he dormido muy bien. Es sólo que he descubierto, al paso de los años, que cuando los aficionados se involucran en casos como éste, pueden no concordar con las autoridades, y suelen acusarlos de obstrucción.

Kate se cruzó de brazos.

—No soy una aficionada. Detecté bombas y terroristas durante más de tres años, diariamente, doctor Cross. He tratado con cargas explosivas tantas veces o más que cualquiera de las brigadas antibombas.

—Lo entiendo. Pero respecto a los explosivos y los terroristas existen protocolos definidos por personas más capacitadas que tú o que yo...

Me sorprendió que de repente se echara a llorar.

—No lo entiende, ¿verdad? *Debo hacerlo*, doctor Cross. *Tengo que ayudar.* ¿Alguna vez me preguntó sobre el día en que me hirieron? Hubo algo que no vi. Miré hacia la dirección equivocada y pasé algo por alto, entonces estallaron cuatro explosivos a la vez. Cuando desperté, tres de mis compañeros estaban muertos. Brickhouse estaba muerto también. Yo sobreviví, pero murieron unos buenos amigos y el perro más dulce que haya conocido jamás, doctor Cross. Así que, ¿quiere oír lo que tengo que decirle?, ¿o no?

—Lo siento... —dije, extendiendo las manos—. Por supuesto. ¿De qué se trata?

Kate hurgó en el bolsillo de su impermeable y sacó un mapa turístico de Washington, que abrió y extendió en la alfombra. Se arrodilló y me mostró que había marcado las ubicaciones de las bombas.

—La explanada, frente al Museo Nacional de Escultura —dijo—. El estanque de los Jardines de la Constitución. El Monumento a la Guerra de Corea. Union Station. El Monumento a Washington.

—Esa fue una falsa alarma —dije.

—No importa —declaró, antes de poner el dedo en el mapa—. El Museo de Aire y Espacio.

—Quizá sea una falsa alarma también.

—Como dije: no importa si hay bombas ahí o no.

Ignoré las suaves punzadas en la parte de atrás de mi cráneo y dije:

—Está bien.

—¿Qué tienen en común?

—Que todos los sitios están en la explanada y sus alrededores.

Buscó otra vez dentro del bolsillo de su impermeable y sacó un mapa del transporte metropolitano.

—También están sobre la misma ruta del autobús urbano inaugurada en 2015 —dijo—. El autobús turístico. Comienza en Union Station y da la vuelta por todos los monumentos, con paradas que coinciden con los sitios de las bombas.

Me puse en alerta al instante, me agaché y estudié el mapa de tránsito.

—¿Lo ve? —dijo Kate—. Se lo dije, doctor Cross. El terrorista viaja en ese autobús.

CAPÍTULO 22

PASARON DOS DÍAS sin ninguna llamada del terrorista.

Se cernía sobre nosotros la fecha límite de la propuesta de ley de presupuesto para veteranos, sin que hubiera la menor señal de que los explosivos colocados en la zona de la Explanada Nacional surtieran efecto sobre el Congreso. Los senadores demócratas y conservadores afirmaban apoyar a los veteranos, pero se resistían a llevar la propuesta de gastos al escritorio del presidente.

Les conté a Mahoney y a Bree la teoría de Kate Williams de que el terrorista usaba el autobús turístico, y le dieron suficiente crédito como para enviar a algunos agentes y detectives a entrevistar a los choferes de la ruta.

Ninguno de los conductores había notado nada fuera de lo ordinario. Por otro lado, era la temporada de los cerezos en flor. Con todo y las bombas y las amenazas, el autobús turístico seguía repleto de pasajeros.

En una reunión en las oficinas centrales del FBI ese miércoles por la mañana, mientras tecleaba en su computadora portátil Mahoney dijo:

—Hay algo que mi agente no notó las primeras veces que lo revisó, pero es posible que haya algo en el video de seguridad de Union Station, tomado la noche antes del estallido. Miren el bote de basura a la derecha.

Se encendió la pantalla al fondo de la sala de conferencias y mostró a cuarenta, quizá cincuenta personas que caminaban en el andén cuatro, junto a un tren Amtrak. El bote de basura estaba bloqueado de la vista mientras los pasajeros caminaban hacia los últimos vagones.

—Cualquiera de ellos lo podría haber puesto—dijo Bree cuando se detuvo el video con el andén despejado—. Y debe haber otros trenes que llegaron al mismo andén más temprano.

Mahoney dijo:

—Cierto, pero vuelve a mirar la secuencia.

Retrocedió el video veinticinco segundos y dijo:

—Mira al hombre de la capucha que lleva una bolsa.

Bree y yo analizamos a la multitud, viendo a varios hombres y mujeres cansados, con trajes de negocios, tipos que trabajaban en la calle K hasta tarde, llevaban portafolios y caminaban fatigosamente. Detrás de ellos caminaba una persona de complexión mediana, probablemente un hombre, con una capucha, la cual cubría su rostro de sombras. Tenía los hombros encorvados, la cabeza agachada e inclinada, como si conociera la posición exacta de las cámaras.

—Miren el momento en el que la gente pasa junto al contenedor de basura —dijo Mahoney.

No les tomó más de dos segundos pasar junto al bote de basura, y no entendí a qué se refería Mahoney, pero Bree sí.

—No podemos ver su brazo izquierdo, pero se movió su hombro, y se ve un color amarillo cerca del bote de basura.

—Exactamente —dijo Mahoney. Regresó el video, congeló la escena en ese momento y amplió la pantalla para que pudiéramos ver exactamente qué era lo que el sospechoso había tirado.

—¿Pollo frito? —dije.

—Una caja de pollo frito para llevar —dijo Mahoney.

—Ajá —dijo Bree.

—Ahora mira este video de once minutos antes.

La pantalla mostró a la misma persona, con jeans y zapatos negros, la capucha puesta, sin que se le pudiera ver la cara, parada junto a unos casilleros y un bote de basura. Estaba comiendo una pierna de pollo frito de una caja amarilla. Terminó, metió el hueso en la caja, y luego se alejó cuando anunciaron que había que abordar el tren a Boston.

—Es el terrorista —dije—. Podría haber tirado la caja justo ahí.

—Exactamente —dijo Mahoney—. ¿Por qué esperar?

El teléfono de Bree y el mío sonaron casi al mismo tiempo. Miré el texto y me puse de pie de un salto. Bree hizo lo mismo.

—¿Qué está pasando? —dijo Mahoney.

—Alguien llamó a la escuela de Jannie por una amenaza de bomba —dije. Ignoré que estaba suspendido de la policía y seguí a Bree hasta su patrulla. Fuimos a toda velocidad hacia el norte de la ciudad, con las sirenas y luces intermitentes, hasta llegar a la Preparatoria Benjamin Banneker. Nos detuvimos frente a una patrulla que bloqueaba el acceso a la avenida Sherman y la calle Euclid.

Eran las diez de la mañana y hacía calor. Aunque estaban lejos de la escuela, los jóvenes que estaban reunidos en las aceras y céspedes se veían ansiosos.

—¿Ya salieron todos? —le preguntó Bree a la directora, Sheila Jones, una mujer a la que los dos estimábamos y respetábamos.

Jones asintió.

—Los alumnos ya saben qué hacer. Ya ha pasado antes, jefa Stone.

—¿Las amenazas de bomba? —dije.

—Normalmente se trata de algún estudiante, o el amigo de algún estudiante que no se preparó para un examen importante. Al menos esa es mi teoría, porque nunca ha ocurrido nada.

—O no ha ocurrido nada todavía —dijo Bree.

Examiné a la multitud de estudiantes, en busca de Jannie.

—¿Hay exámenes importantes pronto? —dije.

Jones frunció el ceño.

—Exámenes obligatorios, no. Acaban de terminar los semestrales.

—¿Papá?

Volteé y vi a Jannie, que estaba detrás de nosotros. Se veía muy alterada, y me abrazó con fuerza.

—¿Estás bien, nena?

Me miró mientras negaba con la cabeza, al borde de las lágrimas.

—¿No lo saben?

—¿Saber qué?

—La amenaza, papá. Fue a mí a quien llamaron.

CAPÍTULO 23

CINCO KILÓMETROS HACIA EL SUR, Kate Williams iba sentada junto a la ventanilla del lado izquierdo, tres filas detrás del conductor del autobús turístico, desde donde podía observar a todos los que subían, sin llamar la atención.

Kate subió a las 6:30 de la mañana. Llevaba cuatro horas de viaje, además de que el día anterior había viajado en esa ruta catorce horas, y doce horas más, dos días antes.

No me importa cómo me sienta ni cuánto me duela el trasero, pensó mientras ahogaba un bostezo, cuando el autobús se acercó al Monumento a Vietnam. *Haré lo necesario.*

Se bajó en el Monumento a Vietnam para estirar las piernas, usar los baños públicos y comprar un pretzel caliente y un refresco dietético con uno de los vendedores que se colocan a lo largo de la avenida Constitución. Otro autobús turístico llegaría pronto y podría retomar su inspección.

Él viaja en esta línea de autobús, volvió a pensar Kate, sintiéndose molesta. *Estoy segura.*

El doctor Cross había mostrado el interés suficiente como para transmitir sus sospechas al FBI y a su esposa, pero habían decidido no vigilar las rutas y sólo tomar en cuenta los testimonios de los conductores. No entendía por qué.

Es una tontería, sencillamente. ¿Qué va a saber un conductor de autobús sobre un terrorista?

Mientras comía su pretzel lentamente, Kate examinaba el flujo constante de turistas dirigidos al Monumento a Vietnam. Parecía haber menos turistas hoy que ayer, incluso mucho menos que el día anterior. En un grupo decreciente, estaba segura de que divisaría al terrorista en algún momento.

Estaba segura de que le bastaría un vistazo. Kate tenía la habilidad de recordar los rostros y evocarlos más tarde, incluso años después, cuando la persona ya había envejecido. Los científicos se referían a la gente con ese don como "superreconocedores".

Ese rasgo le había ayudado a Kate en Irak. A menos que la persona llevara un velo o un turbante que escondiera los rasgos, recordaba los rostros si los volvía a ver, en especial en lugares donde los artefactos explosivos se usaban activamente.

Kate creía que esa habilidad le sería útil ahora. No dejaba de sondear a la multitud, en especial a quienes bajaban de los autobuses turísticos, y recordaba rostros, buscaba tics en sus mejillas o una ligera vacilación cuando pasaban junto a policías que flanqueaban la entrada al paso peatonal del monumento.

Kate notó a una mujer de su edad cuyas manos temblaban visiblemente cuando levantó una taza de café al pasar junto a la policía, y se concentró en su rostro. Clic.

Notó la expresión alterada de un adolescente que bajaba del siguiente autobús, con un rompevientos escolar azul, con capucha. Se reía y miraba su teléfono móvil, sin duda estaba mirando un video. Nada.

Luego estudió a un tipo viejo, de cara rojiza y expresión indignada, vestido con un chaleco rojo de fieltro engalanado de pines militares, que bajó del autobús. Clic.

Un tipo alto, larguirucho, de barba, con un inmundo uniforme militar de camuflaje arrastraba los pies lentamente hacia el oeste. Empujaba un carro de súper lleno de bolsas de plástico y Dios sabe qué más. Clic.

Mientras se acercaba más vio que tenía la piel manchada de mugre. Tenía el cabello oscuro apelmazado y un extraño salvajismo en los ojos, como si hubiera consumido drogas.

Clic. Clic.

Un policía de la avenida Constitución hizo sonar la sirena un segundo. Espantó a Kate, pero el menesteroso veterano no pareció notarlo en lo absoluto, como si fuera uno de esos fanáticos que ella conocía demasiado bien, listo para matar, o que lo maten.

Clic. Clic. Clic.

Había algo en él, algo en ese carrito de súper. Quizás ella se había equivocado. Quizás el terrorista no usaba la línea de autobús. Quizás era algún vagabundo, fuera del radar, que empuja por ahí un carrito repleto de explosivos.

Kate comenzó a seguirlo, manteniéndose cuatro o cinco personas detrás de él. Los turistas ponían tierra de por medio mientras el hombre se movía decididamente al oeste, y ella entendió por qué. Apestaba horriblemente.

Podría ser el tipo al que busco, pensó.

Vibró el teléfono que llevaba en su bolsillo. Kate hurgó para sacarlo, sin dejar de rastrear al indigente. Miró la pantalla y vio una notificación de Twitter. Había activado las alertas para lo que publicaba un reportero de noticias locales, para asegurarse de ver cualquier actualización que hubiera sobre las bombas de Washington.

El tweet tenía un enlace a una nota del *Washington Post:* "AMENAZA DE BOMBA EN PREPARATORIA DE WASHINGTON", y preguntaba: "¿Es el terrorista otra vez? ¿Dejó la explanada?"

Kate bajó el paso e hizo clic en el enlace, y echó un vistazo al rumbo del indigente, antes de leer la noticia de última hora.

Habían evacuado la preparatoria Benjamin Banneker veinte minutos antes, tras una amenaza de bomba. Los K-9 y las brigadas antibombas estaban en la escena. La llamada del terrorista le había llegado a un estudiante no identificado, quien había notificado a los administradores de la escuela y a la policía.

¿Banneker? Algo de eso la inquietó. Usó Google Maps para calcular la distancia, desde su ubicación a la escuela. Cuatro kilómetros, más o menos.

Kate cronometró al veterano indigente, que todavía arrastraba los pies hacia el oeste. La escuela no estaba tan lejos, pero no había manera de que ese tipo caminara cuatro kilómetros en veinte minutos, ni siquiera en una hora o dos. Y no creyó que tuviera un teléfono móvil ni mucho menos que llamara para advertir de una amenaza.

Kate se detuvo, poniendo en duda sus instintos por primera vez, y lo observó hasta que se alejó de su vista. Se dio la vuelta y se dirigió de nuevo a la parada del autobús turístico. Sabía que la preparatoria estaba lejos de la ruta de los Monumentos Nacionales.

Quizás estoy equivocada, pensó, mientras se disolvía su espíritu de los últimos días. *Quizá soy una imbécil.*

CAPÍTULO 24

A LAS TRES DE ESA TARDE, ya habían aprobado que se reanudaran las actividades en el turno vespertino en la preparatoria Benjamin Banneker. Al igual que con las amenazas al Monumento a Washington y el Museo de Aire y Espacio, parecía ser una falsa alarma.

Jannie describió al sospechoso como un tipo con una voz profunda y aguda, quien le dijo que había una bomba en la escuela y colgó. Bree y yo debatimos la posibilidad de que el incidente estuviera vinculado a las bombas de la Explanada Nacional. ¿Se trata de un imitador?

Banneker no estaba lejos de la Explanada Nacional, quizás a cuatro o cinco kilómetros, pero ¿cuál era el mensaje? Irrumpir el acceso a los monumentos nacionales para vengar los daños hechos a los veteranos tenía cierto simbolismo. Mandaba un mensaje claro, aunque erróneo. ¿Qué tenía que ver eso con la preparatoria de nuestra hija?

Era inquietante, pero quien llamó tenía el número de Jannie, y el terrorista de la explanada tenía el número de Bree.

Establecimos la teoría de que alguien podría haber hackeado uno de sus teléfonos, o ambos, o bajado la información del teléfono de alguien más. Pero, ¿cuándo? ¿Y cómo?

Estas preguntas todavía me daban vueltas en la cabeza por la tarde cuando abordé el autobús turístico cerca del Monumento a la Segunda Guerra Mundial. Cuando me asomé y vi a la persona sentada tres filas detrás del conductor, sonreí.

Pagué el pasaje y tomé el asiento junto a Kate Williams, quien se quedó mirando fijamente, como un jugador de póker que lleva demasiado tiempo despierto.

—Pensó que no valía la pena vigilar este lugar—dijo.

—No dije eso. Son mis superiores quienes tomaron esa decisión.

Ella no respondió.

—¿Todavía crees que el sospechoso viaja en este autobús?

—Estoy aquí, ¿no?

—¿Cuánto tiempo llevas buscándolo?

Kate se encogió de hombros.

—No lo sé. ¿Cuarenta? Cuarenta y dos horas en total.

Le lancé una mirada inquisidora.

—¿Has estado aquí los últimos cuatro días?

—Lo que sea necesario, Doc.

Llegamos a la parada del Monumento a Washington, y observé a Kate mientras escudriñaba a cada persona que subía al autobús. Una vez que todos pagaron sus pasajes y tomaron sus asientos, le dije:

—¿Exactamente qué estás buscando?

—Sus rostros.

Mientras seguimos avanzando, en unas cuantas paradas, durante los siguientes diez o quince minutos, Kate explicó su habilidad innata. Yo sabía del superreconocimiento y su opuesto: algunas personas podían recordar cada rostro que hubieran visto, y otros no podían recordar ni siquiera los rostros de sus familiares.

—¿Algún rostro interesante hasta ahora? —pregunté mientras dejábamos la parada del Capitolio.

—Todos son interesantes.

—¿No hay duplicados?

—A veces, pero normalmente son turistas que suben y bajan, y los recuerdo de algunas horas antes.

—¿No ha habido algo memorable? ¿Alguien que de verdad te haya sorprendido?

—Quiere decir, ¿alguien que haya alertado mi sentido arácnido?

—Claro.

Kate inclinó la cabeza mientras pensaba.

—Hubo un hombre hace un rato. Pero no viajaba en el autobús. Era un indigente con uniforme militar, una barba loquísima y larga, y se veía tan... ausente... tan... no lo sé. Más que si consumiera drogas. Como si estuviera desconectado. Un policía encendió la sirena quizás a quince metros de distancia y el tipo no se inmutó ni se encogió. Por alguna razón, cuando noté eso, las alarmas de mi cabeza empezaron a sonar.

Las mías también sonaron. Le pedí que describiera con detalle al indigente. Al acercarnos a la estación de autobuses de Union Station, el principio y el fin de la ruta del autobús turístico, me quedaba poca duda de que hablaba de Tim Chorey, el veterano sordo que había desmantelado su Glock y se había sumergido en el lago el día de la primera bomba.

Pero eso no se lo conté a Kate. Ella dijo:

—Ya tuve suficiente por hoy. Creo que tomaré un taxi y me iré a casa desde aquí.

—También yo bajaré aquí —dije, lanzándole una mirada a mi reloj—. Una caminata por la colina me hará mucho bien.

Había caído la noche durante nuestro viaje. Mientras bajábamos, un autobús se movió con pesadez y chirrió al llegar a la bahía de estacionamiento junto a la nuestra. En el letrero digital de la parte superior del parabrisas indicaba la ruta ZONA DE HOSPITALES SUR - UNION STATION.

—Buenas noches, doctor Cross —dijo Kate, y me dio la mano—. Aprecio que haya pensado lo suficiente en mi teoría como para ponerla a prueba.

—Una buena idea siempre es bienvenida —dije, y por casualidad miré el letrero del otro autobús, que ya se estaba vaciando. Había cambiado la dirección.

ZONA DE HOSPITALES NORTE – CENTRO MÉDICO PARA VETERANOS.

CAPÍTULO 25

LE DI LAS BUENAS NOCHES A KATE WILLIAMS y la observé mientras se alejaba caminando. Luego subí al autobús de la zona de hospitales. El conductor, que parecía tener cincuenta y tantos años, estaba bebiendo café de un termo y comía un sándwich de huevo duro envuelto en papel celofán. Tomé nota de su nombre, Gordon Light, colgado en el frente del autobús.

Me identifiqué como un asesor del FBI, cosa que admitió con escepticismo.

—¿Y cómo sé que no me está tomando el pelo?

—Le puedo dar el número privado del agente especial a cargo de la investigación terrorista —le dije—. Se llama Ned Mahoney.

Se movió en su asiento.

—Salgo en diez minutos. ¿Qué quiere?

Light resultó ser un tipo amable. Cuando le pregunté sobre la gente que viajaba en la línea de la zona de hospitales, Light dijo que, durante el día, además de las personas que vivían cerca de esa ruta, había enfermos.

—Y muchos. Hay cuatro hospitales grandes y un montón

de clínicas en la zona. Por eso tenemos un elevador para sillas de ruedas.

—¿Hay veteranos?

—Bastantes. Ya sabe, perdieron brazos y piernas, ojos. O algo peor... ¿capta?

Lo capté.

—¿Y cómo lo sabe?

—Se les nota, hombre —dijo Light en voz baja—. Se ven tan malditamente humillados. Ni siquiera pueden levantar la cabeza. Me siento tan mal por esos hombres y por sus familias, ¿sabe?

—¿Viajan muchos familiares con ellos?

—Hay varios que no son veteranos que llegan al hospital infantil o al Hospital Washington y al de rehabilitación. Quizá mitad y mitad. Algunos familiares son muy leales, uno los reconoce. Hay una pareja en particular: un hombre que usa silla de ruedas, y su hermana que sube detrás de él cada vez que abordan.

—¿Entonces hay muchos pasajeros recurrentes?

—Uy, sí —dijo mientras le daba una mordida al sándwich—. Pero van y vienen. Pocos se quedan para siempre.

—Claro —dije—. Y seguro escucha todo tipo de cosas mientras conduce.

Light tragó antes de soltar una carcajada.

—¡No creería las cosas que he oído! Lo que la gente dice en voz alta, como si yo no estuviera presente. Harían sonrojar a mi madre.

—¿Alguna vez oyó que alguno de los veteranos hablara mal del gobierno?, ¿del Congreso?

Esta vez su carcajada sonó amarga.

—Todo el maldito tiempo.

—¿Alguno en particular?

Lo pensó.

—Pues, todos lo hacen. Es una mierda tras otra para los veteranos, ¿sabe? Pero hay un tipo que viaja una o dos veces a la semana. No destila más que veneno cuando habla de los que trabajan en los asuntos de los veteranos y el Congreso; y de cómo el Capitolio debería de explotar.

—¿Eso dijo?

—Sí, desde luego. Hace una semana, quizá dos.

—¿Tiene su nombre?

Light apretó los labios y negó con la cabeza.

—Nunca lo he oído.

—¿Pero lo reconocería?

—Es alguien inconfundible. Un explosivo le destrozó la mitad de la cara.

CAPÍTULO 26

LA MAÑANA SIGUIENTE A LAS 8:30, Bree y yo estábamos en la entrada principal del Centro médico para veteranos. Fuimos directamente a la unidad de cirugía plástica, pedimos hablar con el residente en jefe y pronto nos encontramos en la oficina del doctor Richard Stetson.

Le explicamos a quién estábamos buscando. Stetson comenzó a describir las múltiples razones por las que no nos podía ayudar, comenzando por el secreto profesional, eso sin mencionar las leyes de salud.

—Tenemos razones para creer que podría estar involucrado en los bombardeos de la explanada —interrumpió Bree—. Tenemos motivos para suponer que lo hace porque la propuesta de ley para veteranos está bloqueada en el Congreso.

Stetson frunció el ceño.

—Si es el hombre en el que estoy pensando, me parece sorprendente. Impresionante, incluso. En cuanto al bloqueo, condeno el terrorismo, obviamente, pero la realidad es que la mayoría de los programas de esta institución cerrarán si esa propuesta no llega al escritorio del presidente. No es el único que guarda rencor.

—¿Y si su próxima bomba mata a alguien? —dije—. ¿No va en contra de su juramento hipocrático...? "Prometo solemnemente consagrar mi vida al servicio de la humanidad..." Necesitamos su ayuda.

Bree dijo:

—Lo encontraremos tarde o temprano. Si lo encontramos antes, salvamos vidas.

El doctor lo pensó un segundo, y luego dijo:

—No lo escucharon de mí.

—Por supuesto que no.

—Creo que el enfadado veterano del que están hablando se llama Juan Nico Vicente.

Stetson no nos quiso dar la dirección de Vicente ni entregarnos alguno de sus archivos sin una orden, pero sí nos dijo que fue un sobreviviente de una brutal explosión en Afganistán, y que sufría de una lesión cerebral y de estrés postraumático.

—¿Viene a menudo? —pregunté.

—En cuanto a mi área, no hay nada más que pueda hacer por él. Pero acude al hospital varias veces a la semana y visita a un grupo de médicos y terapeutas. Si permanecen suficiente tiempo en el vestíbulo, estoy seguro de que lo verán pasar.

Mientras salíamos del hospital, Bree ya buscaba el nombre de Vicente en la base de datos de la policía. Lo habían dado de baja total del ejército por discapacidad y tenía varias condenas previas por incidentes en estado de ebriedad y por alteración del orden público; ocurridos en bares cercanos a su departamento, subsidiado por el gobierno, en el que vivía al noreste de

Washington. Manejamos hasta ahí, a un edificio de ladrillo a un costado de la avenida Kansas.

Mahoney nos alcanzó.

—¿En serio creen que es nuestro sospechoso? —preguntó Mahoney.

—Según lo que cuentan todos, es un tipo muy resentido —dijo Bree—. Y probablemente saldrá muy lastimado si la propuesta de ley de los veteranos no pasa.

Vicente vivía en el quinto piso del edificio. En general, los complejos de apartamentos se vacían durante el día, cuando la gente va al trabajo y los niños a la escuela. Pero muchos residentes de este edificio cobraban una pensión por incapacidad, por lo cual era posible oír televisores y radios a todo volumen y personas que hablaban y reían.

Pero no detrás de la puerta de Vicente. Antes de que pudiéramos tocar, lo escuchamos despotricar:

—Senador de mierda, ¡hijo de perra!, ¡maldito mentiroso!, ¡usted nunca fue a la guerra!, ¡juro que iré a buscarlo, y restregaré mi cara podrida en la suya para mostrarle de que se trata todo esto!, ¡justo antes de meterle mi cuchillo de combate por el culo!

CAPÍTULO 27

NOS MIRAMOS.

—Con eso basta —dijo Mahoney, y tocó la puerta.

—¡Váyanse! —gritó Vicente—. ¡Quien sea que sea, váyase!, ¡carajo!

—FBI, señor Vicente —dijo Mahoney—. Abra ya.

Antes de que oyéramos las pisadas de Vicente, se abrieron unas cuantas puertas a nuestro alrededor, de residentes que se asomaban para vernos. La puerta de Vicente crujió, como si hubiera puesto las dos manos en ella. La luz que se filtraba por la mirilla se oscureció.

Mahoney tenía levantada su identificación y su placa. También Bree.

—¿De qué se trata todo esto? —dijo Vicente.

—Abra o derribamos la puerta, señor.

—¡Dios! —farfulló Vicente.

Movió los cerrojos de seguridad. Se abrió la puerta, y un hombre descalzo de hombros angostos, que vestía pantalones deportivos grises y una camiseta de los Nationals, se asomó con los ojos totalmente enrojecidos. Era fácil esquivar su mirada.

El lado izquierdo de su rostro estaba muy desfigurado, desde el cuero cabelludo hasta la mandíbula. Las cicatrices de su rostro estaban surcadas y rugosas, como si le hubieran cosido las patas de un ganso sobre la cara.

Nuestra reacción parecía divertirlo.

—¿Podemos entrar, señor? —preguntó Mahoney.

—¿Señor? —dijo Vicente y se rio amargamente, antes de abrir la puerta por completo—. Claro. ¿Por qué no? Pasen. Miren cómo vive el Fantasma de la Ópera.

Entramos a un nido de ratas: pilas de libros, revistas, periódicos y acetatos. Había cosas amontonadas en casi todos lados, sobre las repisas y las mesas, en el piso, a lo largo de las paredes desnudas, y debajo de una televisión, sintonizada en el canal del Congreso que transmitía en vivo desde el Senado.

En la parte inferior de la pantalla, se leían las palabras DEBATE SOBRE LA PROPUESTA DE LEY DEL SENADO. PRESUPUESTO PARA VETERANOS.

Noté que había una botella de vodka y una jarra de vidrio con jugo de tomate sobre una mesa de centro. Al lado, un cenicero apestaba a marihuana.

Vicente levantó las manos.

—Básicamente vieron todo. Mi alcoba está prohibida.

Mahoney dijo:

—Nada está prohibido, si sospechamos que tiene algo que ver con las bombas en la Explanada Nacional, señor Vicente.

—¿Las qué...? —echó la cabeza hacia atrás y se volvió a reír, más fuerte y cáustico—. ¿Creen que tuve algo que ver con eso?

¡Uy, eso se lleva las palmas! Sólo pónganle mierda de perro al asqueroso pastel de mi vida, ¿por qué no?

Bree señaló la pantalla.

—Está siguiendo ese debate con mucha atención.

—¿No lo haría usted si su ingreso dependiera de él? —dijo con pesimismo, y tomó un vaso jaibolero con Bloody Mary—. Decidí disfrutar el debate del Senado como si fuera la liga de futbol de fantasía. ¿Lo ven? Me tomo unos cuantos tragos. Le grito a la pantalla, al senador o a quien sea. No hay ningún delito federal en eso, ¿o sí, agente Mahoney?

Le dije:

—¿Usted viaja en la ruta de los hospitales, señor Vicente?

—Siempre.

—¿Y en el autobús turístico? ¿El que recorre los monumentos?

Sacudió la cabeza.

—No dejarían que alguien como yo se subiera al autobús turístico. Asusto a los turistas. ¿No me creen? Pueden revisar mi pase de autobús. Ahí lo verán. Sólo uso el D8.

—Eso nos ayudaría —dijo Mahoney.

Vicente suspiró.

—Espero que tengan tiempo. Tengo que buscar mi billetera entre todo este desastre.

—Tenemos todo el día —dijo Bree.

Suspiró de nuevo y comenzó a deambular, como si fuera a tambalearse.

—Nos dicen que se disgusta cuando va en el autobús —dijo Bree, colocando la mano en su arma de servicio.

Vicente sorbió un poco de su Bloody Mary y lo levantó dándonos la espalda, buscando todavía.

Se agachó e hizo a un lado algunos álbumes musicales, mientras decía:

—De vez en cuando digo lo que pienso contundentemente, jefa Stone. La última vez que revisé, la libertad de expresión todavía estaba garantizada en la Constitución por la que luché y me mutilaron.

Mahoney también colocó la mano en el arma y dijo:

—Incluso a pesar de la Primera Enmienda, el FBI toma en serio cualquier amenaza de ponerle una bomba en el Congreso.

Vicente soltó una risita, se levantó con paso vacilante y se dio la vuelta. Tanto Bree como Mahoney se tensaron, pero sólo nos mostró una billetera en una mano y un pase del autobús metropolitano en la otra.

—Era un modo de expresarme —dijo, dándole su pase a Mahoney—. Tengo este desde hace tres años. Les mostraré que no he estado ni una sola vez en el autobús turístico. Revisen mi historial, fui cocinero militar, encargado del comedor, no del arsenal en Kandahar. Sinceramente no sé nada de bombas. Más allá de que duelen como el carajo, y que te arruinan la vida para siempre.

CAPÍTULO 28

HACÍA FRÍO, MUCHO MÁS DE LO HABITUAL, y lloviznaba cuando Mickey se subió al autobús de la zona de hospitales y tomó su asiento favorito, en la ventana de atrás. Se ajustó el rompevientos, la capucha y el chaleco que llevaba debajo para respirar mejor.

Quería estallar. Los Senadores estuvieron debatiendo todo el día, y no decidieron un carajo. Ese idiota de Texas, con más estudios de los necesarios, habló por horas y no dispuso nada.

¿Cómo puede ser? Eso tiene que cambiar. Tiene que cambiar. Yo seré quien lo cambie. Van a hablar toda la noche, ¿no? Tengo toda la noche, ¿cierto?

Mickey había observado el debate del Senado desde el inicio, enojándose cada vez más. Mientras su autobús salía de Union Station y se dirigía al norte, se sintió aturdido y repentinamente agotado. Era muy cansado estar tan molesto durante horas y días. Consciente de que necesitaría energía, cerró los ojos y se quedó dormido.

En el sueño de Mickey, se abría un elevador y revelaba un pasillo aterrador y aséptico del Centro médico regional Landstuhl, junto a la base aérea de Estados Unidos en Ramstein, Alemania. Había hombres gimiendo, otros lloraban. Afuera de una habitación, un cura estaba hincado orando con una mujer.

La hermosa mujer morena que estaba junto a Mickey empezó a temblar. Lo miró, al borde de las lágrimas.

—Voy a tomarte de la mano, Mick, o juro que me caeré.

—No dejaré que te caigas —dijo Mickey, y sujetó su mano.

Caminó con ella hasta que encontraron el número de habitación que les dieron en la recepción, y se detuvo. La puerta estaba cerrada.

—¿Quieres que entre yo primero? —preguntó.

Ella negó con la cabeza.

—Tengo que ser yo. Me está esperando.

Ella hurgó en su bolso, encontró una botellita de vodka que había comprado en Duty Free, y le dio vueltas a la tapa para quitarla.

—No necesitas eso.

—Oh, sí lo necesito —dijo ella, y la bebió toda.

Echó la botella vacía en su bolso, giró la perilla de la puerta y abrió de un empujón entrando a una habitación en la que se hallaba un solo paciente acostado en la cama y mirando hacia una pantalla que transmitía CNN. Tenía todo el cuerpo enyesado, llevaba un collarín y tenía la cabeza envuelta con vendas. No tenía el brazo izquierdo y le habían amputado ambas piernas inferiores por debajo de la rodilla. Tenía los ojos cerrados.

—¿Hawkes? —dijo ella con voz temblorosa—. Soy yo.

El hombre herido abrió los ojos y miró hacia ella.

—¿Deb? —más que hablar, gruñó. Tenía la mandíbula cerrada con alambres.

Deb comenzó a llorar. Con los hombros encorvados y sujetando el bolso como si fuera un salvavidas, ella se movió con incertidumbre hasta el pie de la cama, para que Hawkes la pudiera ver mejor.

—Estoy aquí, cariño. También vino Mickey.

Mickey entró a la habitación, sintiéndose más asustado que cualquier otra cosa. Saludó con la mano a la criatura mutilada de las vendas y dijo:

—Hola...

Hawkes gritó.

—¡Sácalo! ¡Te dije que no lo trajeras! ¡Sácalo, Deb!

—Pero él...

—¡Sácalo! —dijo Hawkes con un alarido. Las alarmas de los monitores empezaron a sonar.

Estupefacto, sintiéndose rechazado, Mickey se dirigió hacia la puerta. Luego estalló en lágrimas y descargó su propio enojo. Dio la vuelta y gritó:

—¿Por qué no te fuiste cuando me lo dijiste? Si te hubieras ido, ¡nunca nos habrían volado en pedazos! ¡Nunca!

Alguien le dio un empujoncito.

Mickey se despertó repentinamente, y se dio cuenta de que había estado gritando en su sueño. Miró alrededor, y vio a un amable hombre mayor con un bastón.

—¿Tuviste una pesadilla, hijo? —le dijo el anciano.

Mickey asintió, y se dio cuenta de lo transpirado que estaba bajo el rompevientos, la capucha y el chaleco, y después de lo cerca que estaba de su parada. Miró más allá de donde estaba el anciano y observó a una mujer que leía una revista, mientras seis o siete pasajeros al fondo del autobús miraban al horizonte con expresiones cansadas.

Es hora de despertarlos en serio, pensó Mickey cuando el autobús se detuvo frente al Centro médico para veteranos. *Este soldado ya terminó de jugar.*

Era tarde y Mickey no quería perderse la reunión vespertina, así que se levantó, esperó a que las puertas traseras abrieran con un chirrido y se bajó rápidamente del autobús.

No notó que la mujer que leía la revista lo estaba mirando. No volteó ni vio que ella bajaba del autobús y lo seguía a la distancia.

CAPÍTULO 29

ALI, JANNIE Y YO ESPERÁBAMOS a que Nana terminara de disponer la cena, cuando sonó mi teléfono móvil.

—¡No te atrevas a contestar! —me amenazó mi abuela, blandiendo una cuchara de madera—. Llevo mediodía preparando esta comida.

Levanté las manos para rendirme, dejé que la llamada se fuera al correo de voz y olfateé los deliciosos aromas que salían de una olla grande.

—¡Huele delicioso, Nana! —dijo Ali, alzando la tapa.

Ella le dio una suave nalgada con la cuchara y dijo:

—Nada de asomarse a la cocina.

Mi teléfono volvió a sonar, lo que provocó un suspiro de desaprobación de Nana. Saqué el teléfono, suponiendo que sería Bree la que llamaba. Habíamos salido muy frustrados del departamento de Vicente ese día. Al llegar nos pareció que él era el terrorista, pero al salir no tanto. Pareció incluso menos probable cuando el servicio de transporte metropolitano confirmó que no había viajado en el autobús turístico ni una sola vez, y el Ejército de Estados Unidos confirmó que fue cocinero.

Pero no era Bree la que llamaba. El identificador indicó que me estaba buscando Kate Williams.

—La cena es en cinco minutos —dijo Nana.

Caminé hacia el pasillo de enfrente.

—¿Kate?

—Creo que lo tengo, doctor Cross —dijo sin aliento—. Estoy vigilando al terrorista.

—¿Qué? ¿Dónde?

—En el Centro médico para veteranos. Está en una junta del grupo de apoyo para heridos por explosivos que termina a las siete cincuenta. Calculo que tiene hasta las ocho para reunirse conmigo en la parada de autobuses de Brookland.

Terminó la llamada. Me quedé mirando el teléfono.

Nana exclamó:

—Ya está lista la cena.

—Lo siento, Nana —le dije, mientras tomaba el impermeable—. Me tengo que ir.

Salí por la puerta y bajé por las escaleras, corrí hacia el norte bajo la lluvia torrencial hasta la avenida Pennsylvania y tomé un taxi. En el camino traté de poner al tanto a Bree, pero su teléfono me enviaba directo a su correo de voz.

Le envié un mensaje de texto acerca de lo que me había contado Kate, y le avisé que iría a vigilarlo. Más allá de lo inteligente y experta en explosivos que fuera mi paciente, yo no tenía esperanzas reales de que pudiera identificar al terrorista. Pero tampoco la podía ignorar.

En la lluvia, el tránsito estaba muy pesado, así que bajé del taxi en la estación metropolitana Brookland dos minutos después de las ocho. Kate Williams estaba parada en una bahía de autobuses, recargada contra el muro de acrílico, fumando un cigarro y leyendo detenidamente una revista *People*.

Al verme, tiró la colilla a un basurero y sonrió.

—Significa mucho para mí que viniera —dijo Kate.

Me explicó que regresó a buscarme la noche anterior y me vio en el autobús D8 hablando con el señor Light. Kate había atado cabos y pasó la mayor parte del día viajando en el autobús turístico y las líneas de la zona de hospitales. Alrededor de las seis, se subió a un autobús de la zona de hospitales en Union Station y vio a un tipo que reconocía, dormido en un asiento de atrás.

—No pensé mucho en él, más allá de que lo había visto cerca del Monumento a Vietnam —dijo—. Pero cuando nos acercamos al hospital tuvo una pesadilla, y empezó a gritar algo sobre un estallido.

Dije:

—Seguramente hay muchos tipos que viajan en este autobús y tienen pesadillas recurrentes.

—Obviamente sí —dijo—. Pero no usan una chamarra azul para la lluvia con un letrero que dice... "Ahí viene. No lo mire. Súbase la capucha. Si ha estado mirando las noticias, lo reconocerá".

Llegó el autobús D8.

—Suba —indicó Kate—. Siéntese detrás de él. Así será más fácil de controlar.

CAPÍTULO 30

TITUBEÉ, PERO SÓLO POR UN SEGUNDO. Si de verdad era el terrorista, estar posicionado detrás de él podría ser algo bueno, en especial en un espacio limitado.

Me di la vuelta y subí al autobús. Gordon Light estaba manejando. Me reconoció y quiso decirme algo, pero discretamente le indiqué guardar silencio poniendo un dedo en mis labios mientras pasaba la tarjeta de transporte metropolitano por el lector. Me dirigí hacia la parte de atrás del autobús medio lleno, pero me quedé parado en vez de tomar asiento, agarrado a un poste que daba a las ventanillas laterales. Una vez que se cerraron las puertas y empezamos a avanzar, me quité la capucha y miré alrededor.

Kate estaba parada en el pasillo, tres metros delante de mí. Sus ojos se encontraron con los míos, e inclinó ligeramente la cabeza indicándome un hombre con un rompevientos azul oscuro, con la capucha puesta. Él estaba mirando por la ventana, sin mostrar el menor atisbo de su rostro.

El asiento junto a él estaba vacío, así como ambos asientos detrás de él.

Kate se sentó junto a él y le bloqueó la salida, lo que hizo que él girara la cabeza para mirarla.

¿En qué demonios está pensando Kate?, dije para mis adentros. *¿Y en qué demonios estaba pensando yo, al participar en esta persecución imposible?*

Porque lo que yo lograba ver bajo el mechón de pelo castaño crespo era a un chico adolescente, aburrido y lleno de granos, quien le dio la espalda a Kate tan pronto como ella abrió la revista. La mano derecha de Kate dejó la revista, y me hizo una seña para que me sentara detrás de ella en el asiento vacío.

Quería bajarme en la siguiente parada y dirigirme a casa. Quizá Nana me había guardado un plato. Pero cuando el autobús bajó la velocidad y se detuvo en un semáforo, pensé, *¡Qué demonios!* Kate ya me había traído hasta acá. Me ubiqué en el asiento detrás de ellos.

Cuando el autobús empezó a circular de nuevo, Kate cerró la revista y dijo:

—Tengo una amiga que va en tu escuela.

Mantuve una expresión neutral. El chico no respondió al principio, luego la volteó a ver.

—¿Cómo dices? —respondió, saliendo de su abstracción.

—La preparatoria Benjamin Banneker —dijo—. Lo dice tu chamarra.

—¡Oh! —dijo sin entusiasmo—. Sí.

—Está en atletismo; Jannie Cross. ¿La conoces?

El chico la miró de reojo.

—Está en mi clase de química.

Química, y en la clase de Jannie. Ahora yo estaba interesado... muy interesado.

—Linda chica, esa Jannie —dijo Kate—. ¿Cómo te llamas, para que le pueda decir que te conocí?

Él titubeó, pero luego respondió:

—Mickey. Mickey Hawkes.

—Kate Williams. Qué gusto conocerte, Mickey Hawkes —dijo ella, y sonrió.

Nos acercamos a una parada, y empezó a subir más gente.

Kate dijo:

—Deben haber pasado un rato de mucho miedo, ayer.

—¿Miedo? —dijo Mickey.

—Ya sabes. ¿La amenaza de bomba?

Mickey tensó los hombros, y dijo:

—¡Ah, eso! Fue más aburrido que aterrador. Nos quedamos parados ahí por horas, esperando ver estallar la escuela. Debí haberme ido a casa.

—¿Así que estuviste ahí todo el tiempo?

—Sí. Como tres horas.

—Mmm —dijo Kate y lo miró directamente—. Mickey, me parece extraño. Soy de esas personas que recuerda todas las caras que ve. Y recuerdo claramente haberte visto en el autobús turístico en el Monumento a Vietnam, quizás unos veinte minutos después de que evacuaran la escuela.

—¿Qué? ¡No!

—Sí. Llevabas puesto el mismo rompevientos. Estabas emocionado y mirabas tu teléfono móvil. Probablemente las noticias de que habían evacuado la escuela, después de que llamaras a Jannie Cross con la amenaza de bomba.

El chico se quedó inmóvil por dos largos segundos, antes de voltear completamente hacia ella. Miró atrás de Kate, sobre su hombro y hacia mí. En un fragmento de segundo noté el reconocimiento, el temor y la resolución pasando por su rostro. Él era nuestro hombre. *Pero sólo es un chico*, pensé.

Giró para alejarse de nosotros, de golpe se levantó sobre el asiento, alzando su teléfono móvil.

—¡Traigo puesto un chaleco bomba! —gritó—. ¡Hagan lo que digo, o todos mueren!

CAPÍTULO 31

LOS PASAJEROS EMPEZARON A GRITAR y a correr en desbandada para alejarse de Mickey.

—¡Cállense y no se muevan! —gritó el adolescente, agitando el teléfono—. ¡Cállense y siéntense, o mataré a todos en este momento!

Unos cuantos pasajeros que se habían puesto de pie se hundieron lentamente en sus asientos y el autobús quedó en silencio, salvo por unos cuantos sollozos atemorizados.

—Bien... —dijo el adolescente, y luego le dijo a Gordon Light—. Ninguna parada más, chofer. Directamente al sur, ¡ahora!

Yo deseaba haber llevado una pistola. A falta de eso, saqué el teléfono del bolsillo de mi abrigo.

—¿Adónde vamos? —dijo Kate Williams.

—Ya verás —dijo Mickey, mirando hacia todos lados.

Me observó, luego miró de nuevo al frente. En ese momento, moví las manos con el teléfono hacia la parte trasera de su asiento, donde esperaba que no me viera. La segunda vez que su mirada se alejó de mí, envié un mensaje texto a Bree y a Mahoney:

TERRORISTA SECUESTRÓ AUTOBÚS D8. DIRIGIDOS AL SUR EN...

—¿Qué está haciendo? —gritó Mickey.

Levanté los ojos y lo vi fulminándome con la mirada.

Bajó el cierre de la chamarra y la capucha y expuso el chaleco, lleno de alambres que llevaban unos opacos bloques verdes de C4 que se abultaban en los bolsillos.

—¿Creen que estoy bromeando? —dio un alarido.

—¿Por qué estás haciendo esto, Mickey? —dije, mientras apretaba *enviar* con el pulgar.

—Ya verá por qué —gritó—. Tenga un poco de paciencia. ¡Y mantenga las manos donde las pueda ver!

Puse el teléfono en la palma de una mano y las acomodé sobre los muslos.

—Es tu juego, Mickey.

Gordon Light gritó:

—Casi llegamos a Union Station.

—Siga en marcha —lo dirigió Mickey—. De vuelta a la izquierda en la avenida Massachusetts.

Me volteó a ver. Le dije:

—Es bastante difícil conseguir viejo C4 yugoslavo, Mickey.

Sonrió.

—A veces simplemente se tiene suerte, doctor Cross.

Llegamos a la avenida Massachusetts, y Light viró a la izquierda. Kate estaba estudiando a Mickey atentamente. Miré por las ventanas, en busca de las luces parpadeantes y sirenas que esperaba de alguna manera aparecieran. Si Bree o Mahoney recibían el mensaje, sabrían que estábamos en la línea de la zona de hospitales, dirigidos al sur. Los autobuses metropolitanos tenían rastreadores GPS, ¿o no?

Pero más allá de la lluvia y de las banquetas casi desiertas, parecía cualquier otra tarde en Washington.

Mickey subió al asiento frente a él, luego bajó de un brinco al pasillo, dándome la espalda.

—¡Gire a la derecha!

Tecleé el 911 en el teléfono.

—¡No puedo! —gritó Gordon—. ¡Esta calle es de un solo sentido!

—¡Hágalo, o el autobús estalla!

—911, ¿cuál es su emergencia? —escuché decir a una mujer.

El conductor frenó repentinamente y cruzó justo por un estacionamiento a un costado de la avenida Massachusetts. El autobús golpeó la banqueta. La gente gritó. Mi barbilla golpeó el asiento de Kate y solté el teléfono, el cual se deslizó por el piso antes de que el vehículo avanzara a toda velocidad por la calle Noroeste, en las inmediaciones del Capitolio.

Me sentí mareado por un momento y escuché los autos que tocaban el claxon y maniobraban para salir del camino del autobús, el cual seguía circulando colina arriba. Mientras me salía de mi aturdimiento, Mickey se movió hacia delante, hacia Gordon Light, con el teléfono en alto.

Los pasajeros lo evitaban mientras avanzaba y gritaba:

—¡Encienda las luces!, ¡abra su ventana y dé la vuelta a la derecha, chofer! ¡Hasta llegar a la barrera!

—¿La siguiente calle a la derecha? ¡No puedo! Es...

—¡Hágalo!

Mickey corrió hacia el conductor. Light lanzó una mirada al teléfono que sostenía Mickey, y oprimió el botón que abría su ventana y otro que iluminaba el interior del autobús. Bajó la velocidad y giró el autobús a la derecha, siguiendo la curva de una breve carretera de enlace que llevaba a una caseta de guardias con aspecto de búnker, protegida por una reja de acero sólido.

Más adelante, a través del parabrisas se veían las luces de las furgonetas de los canales satelitales que iluminaban la pequeña plaza frente a la escalinata del Senado. De la caseta salió una oficial de la Policía del Capitolio, armada con una metralleta H&K.

—¡Qué carajos está haciendo! —le gritó a Gordon—. ¡Meta reversa ya! Esta es una zona restringida...

—¡Tengo puesta una bomba! —gritó Mickey Hawkes—. La haré estallar y la mataré a usted y a todos, a menos que pueda hablar con los senadores. ¡Justo aquí y ahora!

CAPÍTULO 32

RECONOCÍ A LA OFICIAL, SU APELLIDO ERA LARSON. Ella titubeó, hasta que Mickey volvió a exhibir su chaleco bomba.

—¡Hágalo! —dijo Mickey—. Llame adentro. Y ni se le ocurra dispararme. Suelto este teléfono y estalla el explosivo.

La oficial Larson parpadeó y dijo:

—Calmémonos un segundo, hijo. No puedo llamar al Senado y ya. Ni siquiera sé cómo hacerlo.

—Patrañas.

—Ella tiene razón, Mickey Hawkes —dije con voz fuerte, y me levanté.

Me miró mientras yo avanzaba por el pasillo junto a Kate.

—¡Siéntate, hombre!

Titubeé. Kate me jaló el costado del pantalón. Bajé la mirada y vi que me quería decir algo.

—¿Qué?

Le lanzó una mirada a Mickey y dijo:

—Nada.

Mickey miraba a la oficial del Capitolio.

—Llame a su jefe, señora. O al jefe de Cross. Estoy seguro de que uno de ellos sabrá cómo ponerse en contacto con los senadores que bloquean el proyecto de ley para veteranos.

—¿De eso se trata todo esto? —dije, mientras avanzaba por el pasillo.

—¡Siéntese, o hago estallar todo en este momento! —me gritó.

Me senté a siete filas con las manos arriba.

Mickey miraba a la oficial Larson, que no se había movido.

—¡Llame ya! —gritó—. ¿O querrá explicar que pudo haber evitado el baño de sangre que está por ocurrir?

Larson levantó una mano y dijo:

—Cálmate, trataré de hacer la llamada.

—Dije...

—Mickey, ¿qué te parece si dejas que algunas de estas personas se vayan mientras ella lo intenta?

Me miró furioso.

—¿Por qué lo haría?

—Para mostrar tu buena voluntad.

—No existe la buena voluntad —dijo Mickey—. ¿Por qué cree que estoy aquí?

Larson retrocedió por la puerta hasta la caseta de los guardias.

Dije:

—Mickey, ¿por qué estás aquí?

—Se los diré a esos senadores.

—Puedes comenzar con nosotros —dije—. Convéncenos, y quizá los podrás convencer a ellos.

El adolescente no me miró, pero noté que estaba en un dilema. Dijo:

—Voy a decir esto una vez, a mi manera.

—Podrías...

—¡Cállese, doctor Cross! —gritó—. ¡Sé lo que intenta! ¡Vi lo que hacen ustedes, malditos loqueros!

La oficial Larson salió del búnker de seguridad. Miré por las ventanillas y vi las siluetas de oficiales armados que corrían en todas las direcciones para rodear el autobús.

Ella dijo:

—Mickey, no puedo llamar a los senadores.

—¿No puede? —gritó él—. ¿O no quiere?

Larson dijo:

—No hago ese tipo de llamadas, Mickey. Pero no hay manera de que dejemos que un senador se acerque a ti o a tu bomba.

Mickey apretó la mandíbula. Miró por el parabrisas y de nuevo a la policía.

—Entonces haga que bajen a la escalinata del Senado. Deme un megáfono.

Larson negó con la cabeza, pero grité:

—Llame, oficial. Vea si es posible.

Yo estaba parado de nuevo. Larson me podía ver por la ventanilla. Titubeó, pero luego dijo:

—Preguntaré, doctor Cross.

Una vez que volvió a desaparecer en el búnker, dije:

—¿Si tienes la oportunidad de hablar con ellos, Mickey, nos dejas ir?

Él sacudió la cabeza y dijo:

—Quiero ver un poco de acción.

Antes de que yo respondiera, Larson regresó del búnker.

—Lo siento, Mickey, pero no lo permitirán.

Se le volvió a tensar la mandíbula mientras pensaba en otra opción. Pero luego se enderezó y miró a Larson con lástima.

—Supongo que tendré que hacer una declaración distinta, ¿no es así?

Levantó el teléfono y me miró.

—Lamento haber hackeado el teléfono de Jannie, doctor Cross. Ella siempre me agradó.

Vi destellos de enojo, temor y desesperanza en su rostro. Había visto lo mismo en Kate Williams cuando nos conocimos por primera vez. Entendí que tenía ideas suicidas.

—¡No lo hagas, Mickey! —dije.

—Es demasiado tarde —dijo Mickey y movió el pulgar a la pantalla.

CAPÍTULO 33

HUBO UN DESTELLO, YO IBA A AGACHARME... estaba seguro que habría una explosión y moriríamos. Pero luego vi que la luz venía de atrás de Mickey. Por un momento apareció ahí la silueta del chico.

Luego Kate Williams se levantó y gritó:

—¡El megáfono está atrás de ti, Mickey!

El adolescente puso cara de confusión, luego miró a través del parabrisas. Los camarógrafos de las noticias corrían hacia el autobús, con focos de cine que resplandecían en la lluvia, y los seguían las furgonetas satelitales.

—¡Ve, Mickey! —gritó Kate—. ¡Antes de que se den cuenta!

Mickey se le quedó mirando como si ambos supieran algo que yo no pudiera comprender, luego se dirigió a Gordon Light.

—¡Abra la puerta!

El conductor presionó un botón. Se abrieron las puertas delanteras y traseras con un silbido. Mickey nos miró.

—Lamento haber tenido que llegar a esto.

Bajó del autobús.

Esperé dos segundos antes de correr hasta delante y decir:

—Todos salgan por atrás, y aléjense. ¡Ahora!

Los demás pasajeros corrieron hacia la salida de atrás. Bajé por la puerta delantera y observé a Mickey Hawkes ir hacia la barrera que bloqueaba el acceso al Capitolio, con la chamarra abierta, exhibiendo el chaleco.

La oficial Larson le estaba apuntando con el rifle.

—Ni un paso más, Mickey.

Él se detuvo ante la barrera gruesa de acero sólido, la cual se alzaba hasta la parte inferior de su chaleco, y se quedó parado, entrecerrando los ojos mientras las cámaras y luces se acercaban a pocos metros y formaban un semicírculo irregular hacia él. Kate se bajó del autobús y se paró junto a mí.

—Deberías huir de aquí —le dije.

—No —dijo—. Todo estará bien.

Uno de los periodistas gritó:

—¿Quién eres?

—¿Qué quieres decirles a los senadores? —exclamó otro.

Observamos en silencio, paralizados. Mickey puso una mano en el chaleco bomba y con la otra les mostró el teléfono.

—Mi nombre es Michael Hawkes —dijo con una voz temblorosa y nerviosa—. Tengo diecisiete años. Cuando tenía ocho años, mi padre, mi héroe y mi mejor amigo, sufrió el ataque de un explosivo mientras viajaba a Kabul para darse de baja de las Fuerzas Especiales para siempre.

—¡Mierda! —dijo Kate en voz baja.

—Quizá debería de haber muerto —prosiguió Mickey—.

La mayor parte del tiempo él dice que preferiría haber muerto. Perdió ambas piernas y un brazo, y sufrió un traumatismo craneal. Cuando fui a verlo al hospital con mi madre en Alemania, no quiso dejarme entrar a su habitación.

Se le tensaron los hombros, y me di cuenta de que estaba llorando.

—Mi padre me pidió que lo olvidara. Le dijo lo mismo a mi madre. Pero yo no quise olvidarlo. No me importó cuántas veces me maldijera, no me importó cuántas veces me dijo que nunca volviera, fui a verlo a cada hospital en el que ha vivido desde la explosión.

Mickey hizo una pausa, y volteó la mirada hacia la oficial Larson, quien había bajado el arma.

Mickey me miró. Asentí con la cabeza. Kate dijo:

—Sigue... Lo estás haciendo bien.

Mickey volvió hacia las cámaras y dijo:

—Finalmente empecé a vincularme con mi padre hace dos años. En el Centro médico para veteranos hay reuniones diarias de los grupos de apoyo para sobrevivientes de explosivos y sus familias. Voy todos los días que puedo, porque quiero estar presente para mi padre, porque es la única manera en que puedo verlo sin que esté enojado, y es la única forma en la que permanece lúcido y...

Se le quebró la voz mientras decía:

—Si no lo hago...

Mickey miró al cielo, tosió y se aclaró la garganta antes de señalar al Senado.

—Los políticos que están ahí dentro se lo deben a mi papá

—dijo—. Prometieron que si arriesgaba la vida por este país, la nación estaría con él. Afirmaron que su patria no lo olvidaría, que su agradecida nación lo ayudaría y lo sacaría adelante.

Mickey respiró profundamente, y dijo:

—Pero los senadores no están cumpliendo sus promesas, y no están con mi papá. Lo olvidaron, y también a los demás veteranos. Dejaron de sentir agradecimiento por los que han estado en servicio. Si no pasan la propuesta de ley esta noche, se acabarán los fondos para veteranos, cerrarán los hospitales, se detendrán los programas, desaparecerá la ayuda que requiere mi papá y se acabará el apoyo que cada guerrero herido en el país necesita. Y yo... yo no puedo permitir que eso suceda.

Hizo una pausa y luego dijo con voz firme:

—Pasen la propuesta, senadores, o me haré estallar, y tendrán mi sangre en sus manos.

CAPÍTULO 34

LA LLUVIA AUMENTÓ, y también el viento. Y de igual forma la presión sobre Mickey Hawkes para que renunciara a sus demandas y se entregara.

Pero Mickey se quedó parado y resuelto en la reja, sosteniendo el teléfono y mirando más allá de las cámaras a las luces encendidas sobre la escalinata del Senado. No me gustaba su estrategia ni un poquito, pero cuanto más lo veía, más admiraba sus agallas y convicción.

Bree llegó diez minutos después de haberse iniciado la confrontación, y Ned Mahoney un par de minutos después. Ella vio la transmisión del discurso de Mickey en su teléfono, y nos dijo que las cadenas de noticias por cable estaban enloqueciendo con la historia. Era irresistible: un enfrentamiento de David contra Goliat, el adolescente contra el Congreso.

—¿Qué podemos hacer? —dijo, acercándose a mí para ver a Mickey.

—Esperar... —dije—. Todavía no votan.

La mamá de Mickey, Deborah Hawkes, una mujer de aspecto desaliñado de cuarenta y tantos años, llegó a la escena después de las nueve, y bajó de una patrulla que habían enviado a su edificio a varias cuadras de ahí. No sólo parecía estar frenética, sino posiblemente borracha también.

—¡Mick! —gritó cuando Ned Mahoney la llevó junto al autobús—. ¡Ay, Dios mío! ¿Qué demonios crees que estás haciendo?

Él la ignoró.

—¡Mickey! —gritó—. ¡Respóndeme!, ¡ahora!

El adolescente nunca volteó a verla.

—Estoy haciendo lo que tú no hiciste, mamá. Estoy ayudando a papá, y a cualquier veterano como él.

Ella empezó a sollozar quedamente.

—Él me dejó —dijo—. Y a ti también.

—Yo no dejé que me dejara —dijo Mickey—. Esa es la diferencia entre nosotros.

Las cámaras capturaron todo eso. Según las actualizaciones en vivo que Bree miraba, los teléfonos de las oficinas de los senadores no paraban de sonar con llamadas de veteranos y sus familias, instándolos a que aprobaran la propuesta.

Por lo visto, la amenaza de Mickey estaba teniendo eco en el Senado. Para los que apoyaban la propuesta, era la dramática evidencia que necesitaban para argumentar que la falta de apoyo para los veteranos había llegado demasiado lejos.

Los senadores que se oponían a aprobar la propuesta dijeron que Mickey era un terrorista y un chantajista.

—Hacen esto después de cada gran guerra, saben —gritó Mickey a las cámaras alrededor de las diez de la noche—. El Congreso se pone patriótico para gastar en la lucha. Pero cuando es hora de cuidar a los veteranos, declaran pobreza por todo lo que gastaron en la guerra. Pasó después de la Guerra de Independencia, de la Guerra Civil, de la Primera Guerra Mundial y de la Segunda Guerra Mundial.

¿A los veteranos de Vietnam? También a ellos los timaron. Igualmente a los que estuvieron en la operación Tormenta del Desierto. Y está pasando otra vez con los soldados que combatieron en Irak y en Afganistán. ¿Cuándo va a parar de hacerles eso? ¿Cuándo cumplirán sus promesas?

Hubo una aclamación desde atrás del autobús, hacia la calle Noreste, donde una multitud —muchos de ellos veteranos— se había reunido para apoyar a Mickey.

A las 10:20, supimos que se había cerrado el debate sobre la propuesta de ley. Estaba en proceso de votación. Quince minutos después, con el voto en curso inclinándose 44 a 40 en contra de aprobarla, se estacionó una camioneta en la calle Noreste. Thomas Hawkes salió de la parte trasera, sobre una silla de ruedas motorizada.

La oficial Larson lo llevó al búnker de seguridad, bajó la barrera de acero y dejó que Hawkes avanzara hacia su hijo.

—¡Cielos, Mickey! —dijo Hawkes—. ¡Vaya que sabes armar un desastre!

Mickey sonrió, pero le temblaba la mandíbula.

—Lo aprendí del mejor.

—No, hijo. Creo que me ganaste por mucho.

Mickey no respondió.

—¿La vas a detonar?

Pasó un largo momento antes de que Mickey respondiera:

—Sí, tengo que hacerlo.

Hawkes se veía afligido, y usó su único brazo para acercar más su silla de ruedas.

—No quiero que lo hagas —dijo, callado pero enérgico—. Quiero que te quedes en este mundo. Y... lamento todas las veces que te hice a un lado. Te necesito, Mick.

Mickey empezó a llorar de nuevo, pero se quedó quieto.

—¿Me oyes? —dijo su padre—. Todo el maldito mundo necesita a hombres como tú, dispuestos a tomar partido. Un guerrero como ningún otro.

Atrás, en la calle, sonaron aplausos y silbidos de aprobación entre la multitud, que también estaba viendo las actualizaciones en vivo en sus teléfonos inteligentes.

Mickey se limpió las lágrimas, y miró a Kate Williams, quien sacudió la cabeza muy ligeramente.

—Entrégate, Mick —pidió su mamá—. Lo prometo, cambiaré. Estaremos mejor.

—¡Escúchala! —dijo Hawkes—. Los dos te necesitamos en nuestras vidas. Y los dos podemos cambiar las cosas, si...

De repente se escuchó el grito de uno de los periodistas de la televisión.

—¡Pasó! ¡Pasó por dos votos!

—¡Lo lograste, Mickey!

El chico bajó la cabeza y se recargó en la barrera, sollozando. Su padre fue hacia él, mientras su mamá trataba de esquivar a Mahoney, quien la mantuvo atrás.

—No hasta que mi gente haya desactivado el chaleco —dijo.

—No se preocupe por eso —dijo Kate, mientras se limpiaba las lágrimas de los ojos—. No hay bomba.

—*¿Qué?* —dijimos todos.

—Lo lamento, Doc —dijo riendo y negando con la cabeza—. Conozco un explosivo de verdad cuando lo veo, y supe de inmediato que éste era falso. ¡Este chico de temple de acero acaba de engañarlos a todos!

CAPÍTULO 35

DOS DÍAS DESPUÉS, AL ATARDECER, yo estaba ayudando a Nana a poner la mesa para seis. Los aromas que emergían del horno eran gloriosos. Muerto de hambre, deseé haber almorzado mejor.

—¿A qué hora me dijiste que sería la cena? —preguntó Nana.

—A las seis y media.

Mi abuela asintió y revisó su reloj. Eran casi las seis.

—Estará a tiempo, entonces. Comenzaré con el arroz jazmín, ¿puedes terminar esto?

—Estaré feliz de hacerlo, con solo ver cómo te las arreglaste con tan poco tiempo.

Eso le agradó. Abrió el horno para ver la pierna de cordero que se horneaba. Olía tan bien que me rugió el estómago.

—Te oí —dijo Bree, y rio mientras entraba a la cocina.

—Todo el barrio lo oyó —se carcajeó Nana.

—Es tu culpa —dije—. Mi estómago está reaccionando a tu obra culinaria.

Eso le agradó incluso más. La vi sonreír mientras ponía el arroz en una olla. Bree me dio un beso y recogió las servilletas.

—¿Fue un buen día? —dije.

Lo pensó y dijo:

—¿Sabes? Sí lo fue.

Ya no había presión y podía pensar en otra cosa que no fuera el terrorista.

—¿La historia de Mickey llegó a su fin?

Bree inclinó la cabeza y torció los labios, pero asintió.

—Tal vez sí, pero rompió casi cincuenta leyes. Eso no lo podemos ignorar, aunque sea menor de edad.

—Lo están haciendo parecer tremendamente encantador en los medios —dije.

Se encogió de hombros.

—Se están concentrando en las circunstancias atenuantes.

—¿Eso qué quiere decir?

Bree explicó que Mickey Hawkes había cooperado plenamente desde que lo arrestaron. Kate Williams tenía razón de que no llevaba una bomba en el chaleco.

Los "bloques de plástico explosivo" que llevaba en realidad eran grandes trozos de cera de colores. Los cables no tenían sentido, no estaban conectados a ningún temporizador o dispositivo de activación. Kate había notado el cableado de inmediato, pero quería ver lo que Mickey haría con un chaleco bomba falso.

Una vez que la propuesta de los veteranos fue aprobada en el Senado y estuvo en el escritorio del presidente, Mickey Hawkes se rindió. Mientras lo sacaban esposado del área del Capitolio, la multitud de veteranos que estaban en la avenida Constitución y en la calle Noreste estalló en vivas y aplausos.

—Veo las noticias. La opinión pública está de su lado —concedió Nana—. Pero puso tres bombas, y ese explosivo plástico en el Monumento a la Guerra de Corea. Además chantajeó al Senado.

No se equivocaba, pero ésa no era la historia completa. Resulta que las bombas de la explanada estaban hechas de pólvora comprimida dentro de gruesos tubos de cartón envueltos con cinta plateada. No tenían balines ni tornillos, así que básicamente eran petardos grandes.

Mickey le confesó a Ned Mahoney que encontró el pequeño trozo de material de explosivo plástico en un casillero que les enviaron de las Fuerzas Especiales en Afganistán, poco después del estallido que cercenó las piernas y el brazo de su papá.

Mickey investigó lo suficiente como para saber que una pequeña cantidad de C4 no podía hacer daños significativos... así que decidió dejarlo en el Monumento a la Guerra de Corea para subir las apuestas y hacernos creer que tenía acceso a explosivos plásticos sin marcadores.

Mi abuela no parecía muy convencida.

—También a nosotros nos desconcertó todo eso, Nana —dijo Bree.

Y yo rematé:

—Pero hay que reconocerlo. Aunque parezca mentira, logró que el Congreso *actuara*.

—Las vacas sí vuelan de vez en cuando —dijo Nana.

—¿Qué? —dijo Ali, con expresión perpleja, mientras entraba a la cocina—. Claro que no.

—Sólo es una expresión —dijo Jannie, quien venía detrás de él y miraba sus mensajes de texto—. Significa que a veces los milagros ocurren.

Sonó el timbre.

—Yo voy —dije, haciendo una pausa para abrazar a Jannie—. Ningún teléfono en la mesa ni detrás del volante.

Ella arrugó la nariz, pero guardó el teléfono en el bolsillo.

—Un trato es un trato.

—Gracias por no olvidarlo —dije, y le di un beso en la mejilla.

Ali dijo:

—¡No puedo creer que le regalen un coche sólo por moderar la cantidad de mensajes que envía!

Mientras yo salía de la cocina, Jannie dijo:

—Quizá lo creas cuando necesites que te lleve a algún lado.

Volvió a sonar el timbre. Me apresuré al pasillo de adelante y le abrí la puerta a Kate Williams.

—¡Bienvenida!

—¿Llegué temprano?

—Justo a tiempo. Espero que tengas antojo de una cena casera.

Kate sonrió.

—Desde hace mucho no iba a una. ¡Huele delicioso! Estoy muy contenta de que me invitaran, doctor Cross.

—Aquí en mi casa puedes llamarme Alex. Y sí, te ves feliz.

Kate se detuvo en el pasillo, con una sonrisa de oreja a oreja, y bajó la voz.

—Probablemente no debería anticiparme, pero recibí una

llamada del laboratorio de Quantico esta mañana. Hay un trabajo en el Centro analítico de dispositivos explosivos terroristas. ¡Me van entrevistar para el puesto!

—¡Guau! ¡Qué gran noticia! ¿Cómo fue?

—No estoy segura. ¿Quizá tu amigo, el agente Mahoney, les habló de mí?

—Le preguntaré, si quieres.

—No, no. No importa. Yo... ya puedo ver la manera de salir adelante, doctor... Alex, y estoy muy agradecida.

—Te lo mereces. ¿Quieres conocer al resto de mi familia?

—Me gustaría. Pero... quería darte las gracias. Por toda la ayuda que me diste.

—Me agrada haberte apoyado, Kate —dije. Sonreí, y señalé el comedor.

Mientras la seguía y recordaba a la mujer, casi suicida, que había llegado a mi oficina dos semanas antes, no pude evitar pensar: quizá la suspensión que me impusieron no fue tan terrible. A veces los milagros ocurren.

ACERCA DEL AUTOR

JAMES PATTERSON ha escrito más *best sellers* y creado personajes de ficción más entrañables que cualquier novelista de la actualidad. Vive en Florida con su familia.

CAPÍTULO 1

EN UN MUNDO PERFECTO, Ronald Temple no estaría sentado en su sillón reclinable en su casa de retiro en Levittown, Nueva York, con la ventana abierta, una cobija sobre las piernas y con ganas de tener un rifle a la mano, listo para matar a los terroristas que viven al lado.

Ajá, piensa, y baja sus binoculares Zeiss. En un mundo perfecto, las Torres Gemelas estarían de pie todavía, un montón de amigos suyos seguirían vivos y él no estaría muriendo lentamente aquí en los suburbios, con los pulmones inflamados por la mierda que inhaló mientras trabajaba en los escombros durante las semanas posteriores al 9/11.

La casa vecina es azul cielo y se ve normal, como el resto de los hogares de su barrio, construidos en 1947 sobre un antiguo sembradío de papas en Long Island. Ese fue el principio del crecimiento de los suburbios durante la posguerra. Hoy en día, Levittown es un lugar estupendo para ir a la escuela, tener una familia o jubilarse, igual que Ronald y su esposa, Helen.

¿Pero quiénes son sus nuevos vecinos?

Definitivamente no son normales.

Ronald vuelve mirar a través de los binoculares.

Se mudaron apenas hace tres días, en un día nublado, con nubes oscuras que amenazaban con lluvia. Arribó una camioneta negra por la angosta entrada y de ésta salió una familia, toda de piel morena, todos con ropa occidental con la que se veían incómodos. Un hombre y una mujer —a todas luces los padres— y un niño y una niña. Ronald estaba en su sillón; su máquina de oxígeno silbaba suavemente y los tubos le rozaban las fosas nasales, ya en carne viva, mientras los veía entrar a la casa.

Tanto la mujer como la niña pequeña llevaban la cabeza cubierta.

Al principio le pareció un poco sospechoso, así que Ronald empezó a observar las actividades de esa casa lo más posible, y a cada minuto y a cada hora que transcurría, se preocupaba más. Después del primer día, no llegó ningún camión de mudanzas. Sólo llevaron rápidamente a la casa unas cuantas maletas y unos bolsos marineros... Y el matrimonio no fue a presentarse con él ni con su esposa.

Ahora desliza los binoculares con un movimiento lento, examinador.

Ahí está...

Al otro lado está un hombre grande frente a la ventana de la cocina.

Ese fue el detalle que le llamó la atención desde hace tres días.

El chofer.

Sí, eso, el chofer...

Él fue el primero en bajar de la camioneta y Ronald pudo ver que era un profesional: llevaba puesta una chamarra para ocultar su arma, sus ojos recorrieron el patio y la entrada en busca de amenazas, e hizo que sus protegidos se quedaran en el vehículo mientras entraba a la casa para revisar todo primero.

Al igual que la familia, tenía la piel morena, pero casi estaba calvo. Aunque no estaba tan fuerte —no parecía uno de esos jugadores de la NFL llenos de esteroides— era lo suficientemente robusto, parecido a los que trabajan en la Unidad de Servicios de Emergencia, a quienes Ronald conoció cuando trabajó en la policía de Nueva York.

¿Era un guardaespaldas, entonces?

¿O quizás el líder de la célula terrorista?

Ronald vuelve a revisar la casa, de un lado al otro, de arriba a abajo. Se mantiene al tanto con los periódicos, la televisión y por internet. Sabe que esta es una nueva modalidad de terrorismo y violencia. Hoy en día, la gente se muda a un barrio tranquilo, pasan desapercibidos por los demás, y luego salen y dan el golpe.

¿Los niños?

Camuflaje.

¿El matrimonio?

Eran como aquella pareja que acribilló al grupo de vacacionistas en San Bernardino, California, el año pasado.

Pasaron inadvertidos por los demás.

Y el tipo robusto... ¿sería su dirigente?, ¿posiblemente su líder?

BOOKSHOTS

Esta obra se imprimió y encuadernó
en el mes de marzo de 2018,
en los talleres de Impregráfica Digital, S.A. de C.V.,
Calle España 385, Col. San Nicolás Tolentino,
C.P. 09850, Iztapalapa, Ciudad de México.